D0937421

TABLEAU FINAL
DE L'AMOUR

ÉDITIONS LA PEUPLADE
339b, rue Racine Est
Saguenay (Québec)
Canada G7H 1S8
www.lapeuplade.com

DISTRIBUTION POUR LE CANADA
Diffusion Dimedia

**DIFFUSION ET DISTRIBUTION
POUR L'EUROPE**
CDE-SODIS

DÉPÔTS LÉGAUX
Bibliothèque et Archives
nationales du Québec, 2021
Bibliothèque et Archives
Canada, 2021

ISBN 978-2-924898-98-7
© LARRY TREMBLAY, 2021
© ÉDITIONS LA PEUPLADE, 2021

.

Les Éditions La Peuplade reconnaissent
l'aide financière du gouvernement
du Canada pour ses activités d'édition
et remercient le Conseil des arts du
Canada, la Société de développement
des entreprises culturelles du Québec
(SODEC) et le gouvernement du Québec,
par l'entremise du Programme de crédit
d'impôt pour l'édition de livres du Québec
(gestion SODEC), du soutien accordé
à son programme de publication.

TABLEAU FINAL
DE L'AMOUR

Larry Tremblay

LA PEUPLADE **ROMAN**

Pour Rolf

Ce roman est une œuvre de fiction librement inspirée de l'œuvre du peintre Francis Bacon et de certains épisodes de sa vie. Cependant, les personnages décrits dans *Tableau final de l'amour*, ainsi que leurs actes, relèvent essentiellement de l'imagination de l'auteur.

Il n'est pas à la beauté d'autre origine que la blessure, singulière, différente pour chacun, cachée ou visible, que tout homme garde en soi, qu'il préserve et où il se retire quand il veut quitter le monde pour une solitude temporaire mais profonde.

JEAN GENET
L'atelier d'Alberto Giacometti

TON INTRUSION

TU ES VENU POUR ME VOLER. Je dormais dans mon atelier. Sale et taché. J'ai entendu une vitre voler en éclats. L'intrus qui s'approchait de moi n'était pas subtil. Mais j'étais heureux que quelque chose se produise dans ma nuit solitaire. Peut-être ai-je espéré que c'était la mort qui entrait chez moi par effraction. Alors, question de ne pas l'effrayer, j'ai fait le mort. Il faisait sombre dans l'atelier, et à la façon dont tu te déplaçais – je t'entendais marmonner, tu te parlais à toi-même pour t'encourager, te rassurer, sans doute n'étais-tu qu'un petit voleur inexpérimenté –, j'ai compris que tu te croyais seul. Tu éclairais avec une lampe de poche les murs où s'entassaient des cadres, des toiles, des éternels inachevés, des esquisses abandonnées, des éclats de foudre. Tu immobilisais le rond de lumière quelques secondes, déçu certainement par ce que tu voyais. Savais-tu seulement dans quel fourre-tout tu venais de pénétrer ? Savais-tu seulement que ces toiles empilées valaient une fortune parce qu'elles portaient ma griffe ? Puis tu m'as éclairé. J'ai pris l'air d'un chevreuil happé par les phares d'une auto. J'ai pensé à mon père, le chasseur, à son plaisir quand il tenait en joue sa proie. Aveuglé, je devinais ta silhouette, masse sombre que mon étonnement amplifiait. J'ai esquissé un mouvement pour me lever de mon lit. C'est alors que tu t'es jeté sur moi, toi, l'inconnu qui tenais dans tes mains la lumière. Nous avons lutté. Tu étais plus fort que moi. Tu m'as donné un violent coup sur le front avec ta lampe de poche, qui s'est éteinte. Dans l'obscurité, j'ai imaginé mon sang devenir immense. Comme s'il noyait l'atelier de sa joie de s'être évadé de mon corps. J'ai toujours eu beaucoup d'imagination pour tout ce qui concerne le corps, ses orifices, ses métamorphoses. Nous nous sommes emmêlés avec tant de force que nos frontières respectives se sont affaiblies, puis doucement évanouies. Il y a eu un moment où ni toi ni moi n'existions.

Dans la lumière de l'aube, j'ai observé ton visage mal rasé. Je ne sais quand ni comment, mais dans cette nuit inexpliquée, tu t'étais dénudé. À ton réveil, je t'ai simplement dit, pour calmer ton inquiétude subite : « Ne crains rien, je n'appellerai pas la police. »

Tu es demeuré sombre et dur, et j'ai compris que je me trouvais devant le modèle de ma quête. En secret, le peintre que j'étais a joui très fort. Je t'ai demandé de te lever. Tu m'as obéi. Mes yeux étaient comblés. L'espace autour de toi s'est aussitôt réorganisé. Je t'ai fait des œufs. Je me suis mis au travail. J'ai préparé une toile. Tu mangeais bruyamment. Normalement, j'aurais haï ce bruit de mastication. Normalement, j'aurais méprisé la personne qui avalait de la nourriture avec si peu de discrétion.

Je n'ai jamais supporté les bruits du corps. Surtout ceux de mon père quand j'étais enfant. Il savait – je le percevais lorsqu'il posait sur moi, la bouche pleine, un regard de défi – que j'avais en horreur sa façon de manger. Il m'imposait ses déglutitions sonores pour me rappeler quotidiennement qu'il avait le droit de faire ce qu'il voulait dans sa maison. Mon père, malgré sa manière fruste de se comporter à table, se tenait en société avec une élégance désuète, un raffinement affecté. Ce qui ne l'empêchait pas de traiter son fils comme le pire des chevaux, ceux qu'il n'arrivait pas à dresser rapidement. Il n'avait aucune patience, convaincu qu'il était qu'en avoir trahissait une faiblesse, voire une tare. Je m'en voulais, ce matin-là, de penser à mon père, déçu de constater que je n'avais pas pu rayer de ma mémoire, après tant d'années, ces souvenirs d'enfance. Mais j'assimilais ce fait indéniable : tu avais beau manger comme un porc, je l'acceptais, mon système nerveux l'intégrait. Je n'étais ni dégoûté ni envahi par une envie de tuer.

Je préparais une toile, tu mangeais avec cette forme de cruauté que je commençais à percevoir en toi, à doucement aimer chez toi et, au même moment, je supposais que tu voulais oublier notre nuit. Tu avais remis tes vêtements que mon sang avait tachés. J'en étais troublé. Tu aurais pu exiger que je les lave ou que je te prête une de mes chemises. Tu ne me regardais pas. Tu jouais à l'indifférent. Et c'était avec une joie ferme que je préparais une toile. Tu m'as demandé si tu pouvais utiliser le téléphone. Je n'ai pas ouvert la bouche, seulement fait un mouvement de la tête. Tu n'étais pas sûr de ma réponse. Je t'ai souri. Tu étais beaucoup plus jeune que moi. Plus saignant. Tu as composé un numéro. Je n'ai rien perdu de ta conversation même si tu parlais le plus bas possible, la tête penchée, le dos courbé. Je distinguais le relief de tes vertèbres. Tu parlais à une femme. Tu lui débitais des mensonges, c'était évident. Tu avais l'habitude de cet exercice. La femme hurlait à l'autre bout du fil, elle t'insultait. Ton dos s'est redressé. Je ne voyais pas ton visage, mais je le devinais dans la raideur de ta nuque. Tu as raccroché le téléphone, demeurant un long moment immobile. Tu avais la présence d'un monument arraché à son espace d'origine. Ton désespoir était parfait. Du moins, c'était ce que j'attendais de toi. Tu t'es retourné vers moi. Tu m'as dit que tu devais partir. Mais tu ne bougeais pas de ta chaise. C'est à ce moment précis que j'ai regardé tes yeux. Leur couleur, leur forme, leur éclat. J'ai ressenti la charge de ton intrusion dans mon atelier, sa foudroyante signification dans ma vie. Tu as soutenu mon regard, et j'imaginais derrière tes yeux ton être entier se durcir pour ne pas être troublé. Je me suis approché. J'ai esquissé un geste vers ton visage. Tu m'as laissé faire. J'ai osé toucher ta peau comme si je vérifiais la qualité d'un tissu. Tu m'as repoussé avec une violence inouïe. Je suis tombé. Tu t'es penché vers moi, et j'ai cru que tu voulais m'aider à me relever. Tu m'as craché dessus, puis tu as disparu. Toute la journée, j'ai peint avec une joie avide, ce bonheur de cheval qui piaffe. Le lendemain, dans le vacillement de l'aube, j'ai détruit la toile à coups de marteau. Ce n'était pas ça qu'il fallait peindre, pas encore ça.

JE BUVAIS ÉNORMÉMENT. Je dépensais l'argent avec une rage idiote. À cette époque, le prix de mes tableaux était comiquement scandaleux. La vente d'un seul me permettait les pires outrances, des dérapages honteux. J'invitais des inconnus à ma table, je payais pour tout le monde. Je ne buvais que du champagne. J'ingurgitais des litres, mes jambes tenaient le coup. J'espérais que le cœur en ferait autant.

Tant qu'il y avait à boire et à manger, j'étais le roi d'une cour passagère. Il y avait toujours quelqu'un, dans le tas, qui m'écoutait avec une passion enrobée de naïveté. Les autres réduisaient mes paroles en hoquets prétentieux. Mes longs soliloques publics, dans les effluves de l'alcool, avaient leur importance dans mon acharnement à peindre, à *dé-peindre*, surtout. Je cherchais, avec des phrases, à déterminer ce qui devait ne jamais apparaître sur la toile. C'était effacer une forêt entière pour ne laisser debout qu'un arbre, choisi de façon scandaleusement arbitraire.

Tu m'avais craché dessus, je savais que je te retrouverais. Quand un bar fermait, je partais avec ma cour enivrée à la recherche d'un autre, plus sale, plus sombre, mais ouvert. En entrant dans le trou le plus miteux de Soho, cette nuit-là, je n'ai vu que toi. Pendant un instant, il n'y avait que ta lumière d'homme. La fumée des cigarettes noyait le bar dans une lenteur grisâtre. Un musicien, dans un coin, massacrait un air de jazz. J'ai abandonné mes amis d'un soir en leur lançant une liasse de billets et je me suis approché de ta table. Tu marmonnais quelque chose à une femme très belle, plus jeune que toi. Ses cheveux, d'un noir presque brillant, lui tombaient sur les épaules. Elle portait un lourd collier fait de billes de bois, des boucles d'oreille scintillantes au bout desquelles flottait une plume bleue. Elle m'a regardé sans gêne, alors que tu as baissé la tête pour fixer le fond de ton verre. J'étais certain que cette femme n'était pas celle avec qui tu t'étais entretenu au téléphone chez moi. Tu n'étais pas un homme capable de garder une femme. Aucune femme ne pouvait trouver son miel avec toi. Je le savais sans te connaître, ça ne s'expliquait pas. Je me suis assis près de toi, j'ai posé ma main sur ta cuisse sous la table. Tu t'es raidi, mais tu n'as pas bronché. J'ai capté la chaleur de ton corps. J'écoutais avec un plaisir décuplé les anecdotes de cette femme que tu venais de rencontrer. Elle parlait l'anglais avec un accent qui étirait les mots. Je le trouvais charmant. Elle avait débarqué en Angleterre quelques mois plus tôt. Elle était née à Rio de Janeiro ou à São Paulo, je n'arrivais pas à bien saisir tout ce qu'elle disait avec tant d'exaltation. Au bout d'un moment, comme si tu n'existais plus, elle ne s'est adressée qu'à moi. Elle affirmait avoir quitté son mari qui la trompait pour s'enfuir sur un paquebot. Elle habitait à Londres chez une cousine. Elle avait composé des chansons, travaillé comme mannequin, connu mille gloires et déboires, futilités et grandeurs qui sortaient de ses lèvres colorées d'un rouge poétique, mais abîmé par l'alcool. Comme un jeu, j'avais décidé de ne croire que la moitié de tout ce qu'elle rapportait de son passé tumultueux. En fait, j'écoutais cette femme parce que ma main reposait sur ta cuisse et que cela seul constituait un mystère. Tu gardais le silence, serrais ton verre de façon aussi virile que puérile. Peut-être craignais-tu que je raconte ton cambriolage raté dans mon atelier ? Raconter ce que nous avions fait ? Réellement fait ? Ou peut-être que cela n'avait aucune importance pour toi.

La femme parlait. J'imaginais des dizaines d'hypothèses pour comprendre ton silence, ton immobilité. Un bloc fascinant. Pris d'un malaise, j'ai dû me lever, quitter le bar brusquement. J'étouffais. Dans la rue, le brouillard empêchait les premiers rayons du soleil de proclamer la venue de l'aube. Il m'a fallu quelques minutes avant de comprendre que quelqu'un me suivait. J'ai cru que c'était la Brésilienne. Elle m'avait dit son nom : Gabriela. Mais je n'étais plus sûr de rien. Avais-je rêvé qu'elle m'avait dit son nom ou était-ce moi qui l'avais affublée de ce nom ? Ou toi qui m'avais dit le sien ? Mais tu n'avais pas prononcé un seul mot depuis que j'avais posé ma main sur ta cuisse. À moins que je n'aie alors rien voulu entendre de ce que tu avais pu dire. Une manière de t'annuler devant cette femme.

J'ai crié : « C'est vous, Gabriela ? » Le bruit des pas s'est arrêté. J'ai répété ma question. Rien. Je me suis retourné. Un lampadaire, quelques mètres plus loin, jetait péniblement une lumière sale sur l'affiche géante d'un film que le brouillard défigurait. J'ai repris ma route. J'en avais pour une quinzaine de minutes avant d'arriver à mon appartement, voisin de l'atelier. Très vite, j'ai de nouveau perçu le claquement des pas sur les pavés. Cette fois-ci, j'avais la certitude que c'était toi. Aucun doute dans mon esprit : tu avais abandonné cette femme magnifique aux lèvres mythomanes. J'ai ralenti, conscient de l'excitation qui grandissait à chacun de mes pas. Je faisais durer le plaisir qui me mordait le ventre. Mon imagination, affolée, a pris le relais : tu allais m'assassiner. Ta main, dans la poche de ton manteau, serrait le manche d'un couteau. Tu découperais mon corps avec la précision que seul permet l'amour quand il s'est refroidi. Avec ma carcasse, tu jouerais au boucher, le regard mouillé de regret.

Devant la porte de mon atelier, je t'ai attendu. Le brouillard s'est dissipé et tu es apparu. J'ai ouvert. Tu as hésité un peu avant d'entrer. J'ai vu ton dos. Ça m'a procuré une émotion plus tranchante que le couteau que je venais d'imaginer au bout de ton bras. Le silence s'est invité dans l'espace encombré de mon atelier. Un silence aux aguets. Tu as enlevé ton manteau. Je t'ai servi un verre sans te demander si tu en voulais un. Un très vieux whisky que tu as avalé cul sec. Je t'ai resservi. Tu ne m'as pas souri ni remercié. Ton attitude était parfaite.

Tu as ébranlé ma vie comme un coup de poing que je n'ai pas eu le temps de voir arriver. À peine un mois auparavant, tu avais tenté de me dévaliser en pleine nuit. Tu avais espéré quoi ? Que je cachais mon argent sous mon matelas ? J'aurais été flatté si tu étais venu pour me voler une toile. Mais tu étais ignorant et vulgaire malgré tes beaux vêtements. Tu ne savais rien de l'art, tu n'avais aucune idée de l'artiste que j'étais. Tu avais cru repartir avec une montre, une télé, des babioles. Tu m'as sauté dessus comme un chat. Une bête d'égout. Dommage que tu n'aies pas pu me dévaliser chaque soir. J'étais prêt à subir de ta part ces violences qui s'enfoncent dans la chair comme des hameçons.

Et maintenant, tu buvais mon whisky alors qu'une lumière laiteuse réveillait lentement le toit vitré de mon atelier. Je t'ai demandé de me frapper. Tu n'as rien compris à ma demande. Ton visage a exprimé l'étonnement d'un enfant.

JE NOURRISSAIS LE FANTASME, les tout premiers jours, de m'incruster dans ton corps comme un lutteur en pénètre un autre avec ses prises et ses coups. Tu esquivais la moindre tentative de ma part, ignorais la moindre allusion. Tu affirmais qu'il ne s'était rien passé entre nous avec un aplomb qui me ravissait. Je ne te contredisais pas. Je m'amusais de ta virilité et de ses failles. Je flairais en toi la cruauté dont tu étais capable pour ne pas voir ta propre faiblesse, ta maladresse de petit garçon perdu dans l'univers des grands. Je notais tes subterfuges, m'inclinais devant toi pour ne pas te perdre. Je savais par expérience que tu succomberais à mes rituels. Tu deviendrais aussi dégoûtant que moi, irais encore plus loin que moi dans la déroute. Parce que tu étais entier, alors que depuis si longtemps, j'étais fragmenté par mes crises d'asthme au point que ma vie ressemblait à une entreprise de démolition. Et plus je me démolissais, plus ma peinture devenait lucide.

Deux lutteurs entremêlés sans que personne ne sache où l'un commence et l'autre finit. Voilà ce à quoi je rêvais dans les premiers temps.

J'ai su avant même de te connaître que je serais ta perte. J'avais besoin de ta déchéance pour peindre ce que j'avais dans le sang depuis les affres de mon enfance. J'étouffais.

Pour survivre, je m'étais contraint à trouver mon plaisir dans la souffrance. Une vérité toute simple, trop simple, mais elle avait structuré mon système nerveux, m'avait permis de ne pas mourir lors de mes crises d'asthme. Enfant, j'ai cru que la vie n'était rien d'autre qu'une maladie. Chercher son air, se tordre comme un poisson sorti de son eau, siffler dans l'hébétude, dans l'abandon, siffler avec ses deux poumons effrités, deux sacs secs éraflant tout l'espace intérieur d'un enfant de sept ans. Pourquoi ? Pourquoi déjà manquer d'air ? Pourquoi mendier pour obtenir ce que tout le monde autour de moi obtenait gratuitement sans effort ? Pourquoi respirer devenait-il l'entreprise de mon existence ? Qu'avais-je commis pour subir cette calamité ? J'étais tragique sans le vouloir, sans le savoir.

Pour me punir de manquer d'air, mon père me donnait le fouet. Il me croyait menteur, comédien et hypocrite. Il n'admettait pas que la chair de sa chair soit cette chose secouée, faible, qui tétait l'air, le recrachait, le perdait, ne le trouvait plus. Il me haïssait. Et j'avais envie de lui. Et il me fouettait comme il le faisait avec les chevaux qui lui résistaient. Il ne connaissait pas d'autre mode d'emploi pour corriger et pour aimer. En 1914, il avait été soldat, puis capitaine de son régiment. Il avait fait la guerre ; la guerre l'avait défait. J'ai longtemps admiré son allure sur les photos qui le montraient en uniforme, l'arme à la main, un sourire inattaquable prouvant qu'il ne se laisserait pas tuer par les Allemands. Une force qui sentait le tabac et le talc. Des mains calleuses. Il entraînait des chevaux de course. Je n'avais pas été pour lui un cheval gagnant, mais un enfant perdant. Il détestait mes crises, il se moquait de mes simagrées, de mes convulsions. Je suffoquais, il m'ordonnait de respirer ! Ma mère me protégeait comme elle le pouvait, mais elle ne se permettait pas de contredire son mari. Beaucoup plus jeune que lui, elle l'adorait, se taisait, obéissait. Elle était sa chienne. Des années plus tard, à force de mépris et d'abus, elle s'était détachée de son emprise. À cette époque, elle lui aurait léché les bottes s'il le lui avait demandé. Peut-être l'avait-elle fait, d'ailleurs ? Comment savoir ce que ces deux-là trafiquaient ensemble dans la boue de leur intimité ? La façon qu'elle avait de baisser les yeux devant son regard froid, de courber la tête comme un animal dressé quand il posait sa lourde main sur sa nuque, de ramasser la cendre de son cigare tombée sur son pantalon pendant qu'il sirotait un cognac, tout cela me levait le cœur, me faisait deviner que le monde des adultes dissimulait des secrets noirs et luisants comme ces insectes qu'on découvre quand on soulève une lourde pierre. J'en déduisais naïvement que mon père possédait une force exceptionnelle, que son corps produisait des odeurs séduisantes, que ses gestes imposaient le respect et l'admiration. Pas étonnant que j'aie perdu le souffle devant lui. Pas étonnant que le plus efflanqué de ses chevaux eût alors plus de valeur que moi.

J'AIMAIS M'APPROCHER DE TON VISAGE. Je ne ratais rien de ce qu'il m'offrait. Un gros plan qui empiétait sur le reste. Ta bouche me regardait avec ses lèvres affamées de réel. Tu me racontais ta vie de voyou. Le son de ta voix m'immobilisait. Ta beauté virile drainait un surplus de sang dans mes veines. Ta présence dans l'atelier désemparait l'espace autour de nous. Tu n'avais pas connu tes parents. Je t'enviais d'avoir été privé de cet enfer. Tu avais appris que ta mère s'était suicidée peu de temps après ta naissance. Elle avait fait l'effort de monter sur le toit d'un immeuble, le plus haut qu'elle avait trouvé dans son quartier, pour se jeter dans le vide. On t'avait laissé entendre qu'elle était une prostituée, une droguée, un déchet. Tu refusais cette version des faits. Tu n'avais rien contre les femmes de mauvaise vie, comme on aimait bêtement les appeler, mais tu préférais réserver à ta mère une mort plus glorieuse. Laquelle ? Tu ne le savais sûrement pas toi-même. Mais tu te persuadais qu'elle s'était enlevé la vie parce qu'on lui avait enlevé son fils. Ta mère, à tes yeux, était une sainte, jeune fille égarée ayant commis une seule faute et qui en avait payé le prix suprême. Tu connaissais son prénom, tu ne voulais pas le prononcer, c'était l'unique chose que tu tenais à préserver dans le silence de ton cœur. Le reste – tu insistais – n'avait pas d'importance. Tu n'as jamais su qui était ton père. Tu le haïssais. Tu aurais voulu le retrouver pour savoir pourquoi tu avais cette haine au cœur. Tu m'as dit cela avec un sourire, le premier que ton visage m'offrait. J'ai regardé alors tes poings serrés. J'ai imaginé, une fraction de seconde, les coups qu'ils avaient donnés, les muscles qu'ils avaient endoloris, les visages qu'ils avaient enlaidis, défigurés.

Tu as vécu ton enfance en passant d'une famille d'accueil à une autre. On t'a exploité, abusé, maltraité, aimé parfois. Tu affichais tes blessures d'enfant comme des trophées. Tu as passé une partie de ta vie en prison. Tu en étais fier. J'imaginais la promiscuité que tu avais subie dans ces cellules où des hommes dans la violence s'aimaient, dans l'amour se démolissaient. Tu ne donnais aucun détail lubrique de ce qui t'avait endurci le cœur derrière les barreaux. Tu te vantais, te donnais le beau rôle, me montrais tes cicatrices. Tu venais chez moi toujours bien sapé. Tu portais des costumes que tu croyais chics mais qui se révélaient de mauvaise qualité. Avec ta cravate joliment nouée, tu avais l'air d'un avocat, pas d'un truand. C'était ta victoire. Tes anecdotes ne m'intéressaient pas. Je les écoutais avec lassitude. Peut-être les inventais-tu au moment où elles jaillissaient de tes lèvres. Mais pour rien au monde je n'aurais freiné ton besoin de te déverser devant moi. J'étais fasciné par ton corps, sa musculature qui annonçait d'autres combats. Je détectais sur ta peau l'odeur blanche du métal. Ton haleine n'était pas fraîche, pas désagréable pour autant. Elle s'accordait à tes histoires de vol, de rançon, d'errance. Je ne voulais pas t'admirer, seulement te cadrer, profiter de ton corps, le fourrer dans ma peinture. Tu étais le sac de sensations que je cherchais, le contenant que je désirais vider et lancer à grands jets sur ma toile.

Sur le moment, je n'ai pas saisi ce qui m'arrivait. C'est venu au fil des semaines, des mois, des années. C'est venu comme une vague puissante impossible à stopper. Elle a déferlé dans mon atelier et j'ai connu des bonheurs esthétiques aussi tenaces que de la brique. Ta peau retenait trop de lumière.

Tu me racontais tes aventures avec les femmes. Tu en remettais. À t'écouter, ta réputation à Londres t'ouvrait toutes les portes du crime, du cœur, du sexe. Tu disparaissais pendant des jours. Tu allais à la chasse. C'étaient les mots que tu utilisais. Tu avais besoin d'affirmer ta virilité, de te convaincre que notre relation n'existait pas, que cette première nuit avait été rêvée. Tu crachais sur les pédés, oubliant ou feignant d'oublier que j'en étais un. Pourquoi revenais-tu à l'atelier ? J'adorais ton hypocrisie. Elle m'excitait, me rendait fou. Plus tu t'enfermais dans ton corps d'homme, plus j'entrevoyais la chose espérée, celle qui obsédait le peintre en moi. Si je persévérais dans ma perversité, cette chose, je la toucherais, je la coucherais sur la toile, je lui trouverais une forme, un contour, je la coulerais dans la couleur, je la figerais au fond de mes pupilles.

MON DÉSIR DE PEINDRE est venu avec la prostitution. Ces deux activités, l'artistique et l'érotique, ont formé une seule bouche tordue par le manque d'air. Me convaincre que je n'étais que de la viande m'a soulagé. Me vendre m'a libéré de mon enfance.

À dix-sept ans, j'ai dû quitter en catastrophe la maison familiale de Dublin, expulsé par mon père qui n'avait pas supporté de voir son fils minauder en sous-vêtements féminins devant un miroir. J'avais ébranlé sa vision du monde. Les colonnes de son temple, désormais fissurées, ne tarderaient pas à s'écrouler. Je me suis enfui à Paris. Nous étions au milieu des années 1920. Ma mère m'envoyait un peu d'argent. Mon père n'en savait rien, du moins je l'espérais. Dans cette ville étangère dont je ne parlais pas encore la langue, j'avais plus d'audace, plus d'imagination.

Certains soirs, je mettais du rouge sur mes lèvres, du noir autour de mes yeux. Je constatais aussitôt l'effet que ces petits changements esthétiques provoquaient dans les rues éclairées par les vitrines des cafés. J'attirais toutes sortes de regards. Leur accumulation me transformait au point où j'aurais pu être n'importe qui. Je m'en délectais. Je pouvais soutenir une érection pendant des heures, plus ou moins dissimulée dans mes pantalons. Je m'en débarrassais avec le premier client. J'étais étonné de la vitesse avec laquelle j'apprenais tous les trucs de ce métier. De la vitesse avec laquelle plus rien ne m'étonnait, ne m'émouvait, ne me répugnait. La prostitution telle que je la pratiquais était un jeu, une thérapie pour mes bronches défaillantes. Je vendais très peu cher mes pauvres charmes, parfois les donnais. Tant que je pouvais boire, le reste m'indifférait. J'exultais à chaque coin de rue de Paris. Je n'étais pas beau, j'attirais par ma désinvolture et mon français de débutant. Les hommes aimaient mon accent, ça les faisait bander. J'en profitais pour parfaire mes prouesses linguistiques. J'étais fier de ma débrouillardise, ne m'attachais à personne, ne souffrais pas de solitude, ne cherchais pas d'histoire d'amour. J'étais cynique, sans doute. Je n'avais pas vingt ans et je m'épuisais avant de les avoir. Il m'arrivait de prendre en pitié certains de mes clients. Je recevais en les faisant jouir une forte dose de tristesse. Ils se déchargeaient de leur mensonge. Ils étaient pour la plupart mariés. Je détectais dans leurs regards lourds et complices ma propre malédiction.

Me prostituer était la sortie de secours que j'avais trouvée pour échapper à mes contradictions. Le fouet de mon père continuait à me fustiger dans les rues de Paris. Qu'avais-je fait en portant les sous-vêtements de ma mère, les sous-vêtements de sa femme ? Il y a des jours où j'en riais, d'autres où j'en pleurais.

Mon père n'avait pas toujours eu tort dans ses accusations. Plusieurs de mes crises étaient simulées. Mais comment aurait-il pu distinguer entre les moments où je croyais mourir au bout de mon souffle et ceux où je me moquais de la vie et de ses injustices ? Peu importait d'ailleurs qu'il ait pu mettre au jour l'hypocrisie de son fils. Je recherchais sa colère et, dans les deux cas, j'obtenais ce que je voulais : ses coups de fouet. C'était quand il me frappait que je ressentais sa paternité. Elle me clouait à la réalité, m'empêchait de me désintégrer dans l'air ambiant. S'il avait attendu mon adolescence pour me faire subir ces charmantes tortures, je me serais révolté. Je l'aurais frappé à mon tour, ou du moins j'aurais tenté de le faire, car mon père était puissant, bourré de sang. Une force de la nature, comme ma mère aimait à le répéter. Mais c'était de la chair d'enfant qui recevait la morsure de ses coups répétés. Et cette chair n'était pas en mesure de comprendre réellement ce qui se passait. Elle confondait le chaud et le froid, la douleur et le plaisir, elle les mariait, les fusionnait et accouchait d'une chose innommable, motte d'existence qui n'était pas tout à fait humaine.

C'était moi, cette sensation de saleté heureuse, et je devais faire avec.

Tu as accepté de poser pour moi. Comme si tu faisais un premier pas dans la découverte de ta passivité. Comme si tu relâchais tes muscles de petit boxeur, toujours prêt au combat, et consentais à laisser surgir la chose en toi, la chose molle que tu cachais depuis ta naissance, cette part tendre que j'avais flairée en dormant dans tes bras la première nuit. Et cette chose, je voulais la sacrifier sur ma toile.

J'ai placé un tabouret au milieu de l'atelier. Il ne pouvait pas tenir droit, tellement il tanguait sur un amas indescriptible de déchets de toutes sortes. Je ne faisais jamais de ménage, j'allais jusqu'à récupérer la poussière accumulée pour la mélanger à la peinture. Il m'arrivait de la jeter au hasard sur la toile peinte.

Des années auparavant, j'avais engagé quelqu'un pour ramasser le bric-à-brac de toiles ratées, de cadres déglingués, de bouteilles vides, de vêtements déchirés, de contenants de nourriture encombrant le sol au point où je n'arrivais plus à fermer ni à ouvrir les portes de mon atelier. Le tas se reformait aussi vite. Et puis un jour, j'avais décidé de laisser faire les choses. J'avais besoin de ce chaos. Je ne pouvais peindre que dans l'informe, le fouillis. Comme si j'avais fait mienne cette idée suspecte, réconfortante, sûrement mensongère, que la lumière jaillit des ténèbres.

Un autre que toi aurait fait des remarques désobligeantes sur le chaos qui régnait dans cet espace malsain, irrespirable, paradoxalement toxique pour un asthmatique comme moi. Ce désordre, au contraire, te rassurait, donnait à ton costume-cravate encore plus de pouvoir.

Je t'ai demandé de t'asseoir sur le tabouret. Tu m'as obéi. Tu as allumé une cigarette. Ta première bouffée a laissé une traînée bleue, une lente spirale qui a encerclé ton visage, puis s'est volatisée. Je me suis trouvé faux devant toi, le pinceau à la main. Ce n'était pas ma façon de faire. Je n'avais jamais peint d'après un modèle vivant. Je travaillais souvent avec des photos découpées dans des magazines ou dans des livres. Je les punaisais un peu partout sur les murs. Elles finissaient par se racornir, tomber sur le sol, où elles allaient se perdre parmi des dizaines d'autres, piétinées, défigurées. J'aimais bien, en plein travail, en ramasser une au hasard. Je la collais sur un coin de ma toile presque terminée et, contaminé par elle, je changeais tout. Ou je détruisais. Ou je recommençais. Je n'aimais pas savoir ce que je peignais. J'aurais voulu peindre directement avec mon cerveau, me passer de mes yeux et de mes mains. Ou directement avec mon sexe, et me passer de cerveau. Avec toi assis devant moi, sur ce tabouret au milieu de mon atelier, je n'avais pas le choix de savoir ce que j'allais peindre. Mais tu m'échappais. Le mouvement de ma main sur la toile n'avait pas de chemin. C'était un début sans fin. J'essayais de comprimer dans mon tableau la charge de ta vitalité, ton débordement insultant. Je tenais à plaquer ton immensité dans les limites tremblantes de la couleur. J'essayais, tu bougeais trop. Ou était-ce plutôt ma main.

L'animal en moi captait la chose en toi. La chose, oui, c'était bien le mot qui me venait. Le seul qui me convenait. Il y avait en toi cette chose et j'aspirais à la rendre visible sur la toile, à la mettre en cage pour de bon. C'était risible, pourtant affolant. Tu n'avais aucune idée de ce que je fabriquais. Tu fumais, parlais, m'oubliais. Je peignais. Sans dessiner. Juste des giclées de couleur que je rattrapais, ramassais en petits tas, étalais. Je faisais de la boue, j'espérais qu'une forme en émerge. Je me prenais pour un sculpteur. Je n'arrivais à rien. C'était déjà beaucoup. Je ne savais pas encore comment te regarder.

MES TENTATIVES EFFRÉNÉES m'intoxiquaient. Je découvrais avec toi la gravité du mot *peintre*. Je ne tachais plus ma toile de mes velléités, je la fécondais de mon désir de te transpercer avec mes yeux. Au début, tu me prenais pour un original ou un fêlé ou un artiste déjanté. Tu acceptais de jouer le jeu. Mais comment savoir ce que tu pensais, ce que tu cachais ? Tu dissimulais ton étonnement derrière un visage d'arrogance. Tu te laissais enfermer dans mes coups de pinceau. J'avais trouvé le corps premier, le modèle qui recelait la vérité espérée. Tu fonctionnais comme un point de fuite où couraient mes aspirations, mes doutes. J'expérimentais de nouvelles avenues avec toi comme d'autres gâchent leur vie pour mieux en jouir, quitte à la quitter dans la précipitation. J'insérais un gant imaginaire dans ta bouche pour la déformer. Je peignais du temps sur tes lèvres. Je m'exerçais à ne regarder qu'un seul de tes yeux. Je les détachais de leur symétrie, les isolais. J'en éliminais un. J'amenais au jour le cyclope que tu dissimulais sous le galop de ta beauté. Ton unique œil glissait sur ton visage, s'étirait comme une flaque, tombait en dégradé, loque de lumière. Je n'arrivais pas à te peindre entier. Tu te fragmentais.

J'aspirais à ce que le tableau fonctionne comme un œil retourné sur lui-même. Qu'il ne donne pas à voir la peau au repos, mais la chair en plein travail.

Ne pas peindre une histoire, ne pas raconter une anecdote, ne pas illustrer un titre glorieux apposé au-dessus de la toile, simplement transmettre la violence d'une sensation. La prostitution à laquelle je me suis adonné jusqu'au moment où, inévitablement, je n'attirais plus aucun regard, m'a conduit à la radicalité de ma peinture. Elle a été ma seule école. Me soumettre à l'autre, à la saleté ou à la magnificence de son désir, lui procurer des sensations alors que, caché derrière ma blessure et protégé par elle, j'observais les ravages de son plaisir trop vite comblé, m'a tout appris sur l'art.

Quand, au début de ma trentaine, après avoir établi une première relation stable avec un homme d'âge mûr qui m'entretenait comme une princesse, j'ai cessé de vendre mon corps à des types ramassés dans la rue, j'ai ressenti un si grand vide que la première chose que je faisais en me levant, c'était vomir de la bile. Je subissais les désagréments d'une cure de désintoxication. Mon corps réclamait sa dose de sensations. Il souffrait de ne pas souffrir.

Pour survivre, j'ai commencé à peindre et à porter sous mes pantalons des porte-jarretelles, des bas de soie, des culottes de dentelle. J'aimais être le seul à savoir que j'offrais, dissimulée derrière ma virilité, la fragilité d'une femme prête à s'ouvrir comme une fleur. C'était, j'en étais conscient, ridicule et faux, mais cette image imprégnée de clichés me faisait bander dans la rue, au restaurant, en pleine conversation sérieuse entre amis. J'ai cessé de maquiller mes yeux de noir, de teindre mes cheveux d'une couleur criarde, de vernir mes ongles. Pendant encore des années, toutefois, j'ai porté des sous-vêtements féminins. Je n'étais pas ce que j'affichais devant les autres, cela me permettait de ne pas sombrer dans la banalité. Au fond, je traînais partout avec moi le regard de mon père et le mépris qu'il avait gravé dans ma chair. Ma vengeance avait été d'avoir fait naître de ce mépris un plaisir inépuisable qui exigeait, sans respect pour la vie, sa part de cruauté et de lucidité.

Rapidement est venu le moment où, pour un peu d'argent, tu enlevais tes vêtements, toi le malfrat, le gangster cravaté, le mauvais garçon aux souliers impeccables. La première fois, il a fallu que tu ingurgites une bonne quantité de whisky pour que l'idée ne t'épouvante pas, ne ternisse pas ton image de la masculinité, à laquelle tu t'accrochais comme à une bouée de sauvetage.

Tu as gardé ton slip. Assis, tu as croisé tes jambes musculeuses. Tu as fumé cigarette sur cigarette. Je ne voulais pas que tu poses, que tu joues à la statue. J'observais ta nervosité. Je logeais dans ta chair une horloge affolée. Je voyais le temps faire son travail. Il se concentrait avec acharnement sur ton corps. Le slip que tu portais faisait ressortir la brutalité de ton ventre, la beauté tendue de tes cuisses.

Je ne peignais pas de paysage. Ma peinture ne supportait pas le grand air. Pas besoin de montagnes, de rivières, de déserts, de pâturages ni de plages léchées par les vagues. Encore moins de soleil, de lune, de nuages. Ton corps me suffisait à peindre l'univers.

Tu sais ce qui t'est arrivé au moment où j'ai commencé à te peindre, ce jour-là ? Ta peau s'est laissée aller. Évanouie, elle s'oubliait dans l'impudeur comme un vêtement mangeable, chose comestible, consommable. Sous ton torse meuglaient tes poumons, sacs d'eau, abcès obscènes, fleurs denses, appels fatigués, coussins noirs. Si tu avais été le Christ, tu aurais coulé sur la croix comme une cire morte-vivante.

Toujours trop d'images me gonflaient les paupières. Comme des taches mobiles et irritantes, elles se bousculaient, s'interpénétraient, m'empêchaient de peindre ce que je voyais. Il fallait que je les dompte, les fouette avec des gestes impulsifs sur la toile. Quand tu as remis tes vêtements, j'ai eu l'intuition que j'étais sur la bonne voie. Il ne fallait pas peindre la surface des choses, mais ce qu'elle cachait. Ne pas peindre l'espace, mais le temps. Ne pas peindre ton corps, mais sa mort.

J'AVAIS EU L'IDÉE DE M'EXILER, de refaire ma vie dans un pays où l'air est nettoyé par les courants vifs d'un océan, quelque part sur la côte africaine, au Maroc, par exemple, où j'ai séjourné plusieurs fois. Je n'avais toutefois aucun appétit de création dans ces lieux où mon corps s'apaisait, se diluait dans le paysage, s'oubliait dans la tiédeur du soir. Je m'endormais dans une joie banale. Le sexe, dans cette luminosité, se rapprochait trop de la végétation, perdant son goût de viande. De jeunes garçons s'offraient, leur sourire éclatant m'éblouissait, me ravissait sans réellement m'exciter. J'étais attiré plutôt par des hommes mûrs, costauds, marins, ouvriers, paysans, plus difficiles à aborder et nettement plus dangereux. À l'époque, les journaux rapportaient des histoires d'horreur sur des homosexuels assassinés, coupés en morceaux, jetés dans les égouts à ciel ouvert. Ou encore, on les faisait chanter, les menaçant de les dénoncer à leur famille. Beaucoup de ces victimes étaient des hommes politiques, des diplomates, des chargés d'affaires et des artistes bien en vue. J'en ai connu qui se sont suicidés.

J'ai pensé longtemps que j'aurais pu ou dû finir comme eux. Au fond, suivre un inconnu dans des ruelles obscures et labyrinthiques, au risque de se faire poignarder dans le dos en se faisant enculer, n'était pas la pire chose à imaginer pour les paumés et les épaves enivrées qui pullulaient à Tanger et à Fez. J'ai risqué ma vie de nombreuses fois à cette roulette russe du sexe et j'aurais mérité cent fois les coups assassins qui ne sont jamais venus. Il y a eu des nuits où, dévalisé jusqu'au dernier centime par une brute qui me rouait de coups après avoir pris rudement son plaisir en me plaquant contre un mur, je me tenais invariablement le même discours : je ne suis rien, je ne vaux rien, je recherche ma mort depuis ma naissance, je veux peindre et je ne le pourrai jamais, je m'illusionne sur moi-même, je n'ai aucune technique, je n'ai jamais rien appris, j'ai tout volé aux autres, je ne sais même pas dessiner, je suis un désaxé, je ne vois rien que des taches et ne peins rien d'autre que des taches. Imbibé d'alcool, le corps endolori par les coups reçus, déboussolé, je cherchais mon chemin. De retour à l'hôtel, je me couchais sans prendre la peine de me déshabiller, guettant le sommeil. Je ne valais pas mieux qu'une prostituée.

Cent fois je me repassais la scène à l'origine de mon expulsion de la maison familiale et de mes errances parisiennes où j'offrais mon corps pour m'en libérer. C'était toujours la même : je me trouve dans la chambre de mes parents, je porte les sous-vêtements de ma mère. J'en retire un plaisir suffocant. Je me sens honteux, étincelant, coupable. Je sors de ma banalité, mes poumons m'avalent, avalent la chambre et la dureté de mon cœur. Ma jouissance n'en est que plus extrême. Mon père ouvre la porte. Il me trouve devant le miroir où je m'exerce à des gestes que je crois vulgaires, mais essentiels à un tel accoutrement quand celui qui le porte ne possède pas le sexe adéquat. Depuis ce jour, j'entends mon père hurler d'horreur.

La scène s'arrêtait sur un regard. Regard d'un père sur un fils défectueux, visqueux, excroissance sortie de ses gènes qui le répugnait. Ce regard me mettait au monde à nouveau avec une force d'expulsion mille fois plus violente que celle des poussées de ma mère à ma naissance. Ce regard de père me fossilisait dans une image pleine de saleté où brillaient de pauvres plaisirs que je n'arriverais plus à oublier.

TON CORPS S'ENTÊTAIT comme une marée, va-et-vient entre ta bouche et ton sexe. Le temps repassait sur lui, le défaisait, le refaisait. Il l'écrasait de son poids, moi je me noyais à vouloir le peindre. Ton corps n'avait d'autre uniforme que la fragilité retrouvée de sa peau. Ta chair faisait du théâtre, elle jouait à la viande sur ma toile.

Jamais nous n'avions fait l'amour, à l'exception de cette première nuit où tu avais tenté de me cambrioler. Et jamais nous n'avions évoqué ce que nos corps, cette nuit-là, avaient vécu. Tu persistais à agir comme si cela n'avait jamais eu lieu ; et moi, comme si tu avais raison de le croire. De sorte que cette nuit-là existait comme un événement qui habitait une zone unique, coincée entre le réel et le rêve, se nourrissant des deux au point où son souvenir me pénétrait de ses racines multiples et faisait battre mon cœur autant d'angoisse que de ravissement. Rien, dans la vie, ne demeure à sa place. La joie migre vers le désabusement, l'amour vers l'ennui. De même, j'avais parfois l'impression que c'était moi, cette nuit-là, qui t'avais cambriolé. Tu m'avais ouvert le front avec ta lampe de poche, c'était bien du sang qui séchait sur nous comme un serment qui allait nous lier. Tu avais voulu m'étrangler, mais très vite, tu avais relâché ton étreinte. Nos bouches se mordaient, tes joues mal rasées piquaient les miennes. Tu m'avais forcé les lèvres avec ta langue, ça, tu l'avais fait, non ? Quelque chose de plus fort en toi l'avait fait ?

Ou était-ce le contraire ? Moi qui l'avais fait.

Nous avions désormais une histoire, pas celle d'un vulgaire cambriolage, mais celle d'une mort annoncée et d'une œuvre à venir. Simplement parce que ma bouche avait été comblée au-delà du possible, simplement parce que tu avais fait taire mon cri de stupeur avec ta langue qui fouillait l'obscurité de mon enfance. Je suffoquais. Ce baiser, plus violent qu'un viol, avait rendu sa clarté à la nuit. J'avais la sensation de voir ton visage, les formes de ton corps, parce que mes mains les parcouraient.

J'ai aimé ta fureur. Et j'ai été effrayé par la tendresse qui a envahi ton corps endormi. Je me suis réveillé, ton sexe dans ma main. Ce que nous avions fait cette nuit-là, était-ce de l'amour ou le désespoir de l'amour ?

En une nuit, il y a eu un tel déversement que plus rien par la suite n'était viable. Nous avons usé la rage à sa racine, la rage d'aimer. Et, trop conscient de notre déroute, je savais que notre relation s'inverserait. Après tout, j'étais le peintre et poursuivais depuis des années une seule et unique quête : faire reculer le beau jusqu'à l'impensable, comme s'il était possible de priver l'atome de son commencement.

Plus jamais après cette première nuit je n'ai tenu ton sexe endormi dans ma main. Notre baiser était mort.

JE NE SAVAIS RIEN DE LA SODOMIE avant qu'un palefrenier me l'apprenne rudement. J'avais quatorze ans, il en avait plus ou moins quarante. Il a baissé mon pantalon et m'a retourné en me coinçant contre le mur de l'écurie. Je n'avais aucune idée de ce qu'il voulait faire. Peut-être avait-il l'intention de me donner la fessée. C'était idiot de ma part de penser pareille chose, surtout révélateur de ma naïveté, malgré tout le mal dont je me croyais habité à l'époque. J'ai senti très vite son sexe se durcir contre mes fesses. Il m'a mis sa main gantée sur la bouche pour m'empêcher de crier. Elle sentait le cheval. J'ai réalisé que mon existence allait entrer dans une nouvelle dimension. Si un homme pouvait agir avec un autre de cette façon, tout devenait possible. C'était aussi fulgurant qu'un meurtre, mais on n'en mourait pas. Après quelques secousses violentes, il est venu. Il a émis un drôle de râle. J'ai eu très mal. J'ai attendu qu'il parte avant de faire le moindre geste. Je saignais un peu et, en remontant mon pantalon, je n'étais déjà plus le même garçon.

Pas un seul moment je n'ai pensé que je venais de subir un viol. Les sévices infligés par mon père m'avaient habitué à recevoir des coups et à les mériter dans un état de confusion. J'étais surtout plongé dans un étonnement qui tardait à se résorber. Comment n'avais-je pas compris que cet homme, aussi âgé que mon père, et père lui-même de deux enfants, me percevait comme un objet sexuel, que mon cul lui était désirable ? Comment, moi, qui à mon âge me considérais déjà pervers – les pensées tordues qui s'agitaient dans mon crâne quand je regardais mon père à l'heure des repas me confortaient dans cette croyance –, n'avais-je pas soupçonné que la queue bandée d'un homme pouvait aussi s'immiscer là-dedans ? Je manquais terriblement d'imagination. Sous les jets brûlants de la douche qui effaçaient les dernières traces de ma première expérience sexuelle – je n'étais sacrément plus vierge –, j'espérais qu'avec un peu de persévérance, je trouverais le plaisir caché sous la douleur. Mais peut-être ai-je vraiment pensé cela quand j'ai commencé à tourner autour de Bradley, mon agresseur dans l'écurie, le plus fidèle employé de mon père, le plus indifférent à son caractère démentiel et le plus résistant à ses colères injustifiées.

Quelques jours après cette surprenante pénétration – comme si mon âme avait été encore plus atteinte par cette intrusion que mon corps lui-même –, j'observais Bradley peigner la crinière d'un cheval. Je me tenais à une bonne distance, caché derrière une botte de foin. Je n'avais jamais remarqué à quel point ses gestes étaient précis et rythmés. Il flattait l'encolure de l'animal, lui chuchotait des mots pour le calmer. La tendresse qu'il lui accordait m'a ému. Après un moment, il a relevé les babines du cheval pour vérifier quelque chose dans sa gueule, peut-être enlever un brin d'herbe ou des grains pris entre ses dents, je n'arrivais pas à bien voir ce qu'il faisait. Puis il s'est accroupi pour nettoyer les fers. Les cuisses de Bradley me sont apparues musclées dans cette position. C'est à ce moment-là qu'il a senti que je l'épiais, au moment précis où je me disais que cet homme – que j'avais toujours considéré comme insignifiant, un pauvre subalterne de mon père mal payé et mal rasé, ce qui allait de pair dans mon esprit – possédait des cuisses fortes sûrement recouvertes de poils noirs comme l'étaient ses bras, que les manches relevées de sa chemise rouge mettaient en évidence.

Il s'est relevé en jetant un rapide coup d'œil dans ma direction. J'ai eu le temps de voir le bout de sa langue, qu'il a prestement passé sur ses lèvres. Puis il s'est concentré sur son travail comme s'il n'avait pas remarqué ma présence. Il a ramassé le crottin, nettoyé la stalle, rempli la mangeoire. Il a caressé la croupe du cheval pendant que celui-ci mangeait. Tout cela a duré longtemps. Je respirais de plus en plus mal. L'écurie était l'endroit le plus malsain pour mes bronches. J'aurais dû partir avant qu'une crise d'asthme se déclenche. Mais, le cœur battant dans ma poitrine à tout rompre, je me suis approché de Bradley au point de sentir la sueur âcre de son corps. Il s'est retourné vers moi, m'a montré son index. Je ne comprenais pas ce qu'il voulait. D'une main, il m'a attrapé par le cou, m'a courbé la tête. J'ai résisté un peu avant de me jeter sur son doigt pour le sucer. Il était dégoûtant. Je me suis enfui en suffoquant.

Le soir, couché dans mon lit, je prenais un plaisir démesuré à imaginer que je dénonçais mon violeur. Yeux fermés, je me caressais, inaugurant mon fantasme en faisant apparaître la grande table de bois verni de la salle à manger, fantasme dont j'ai usé les images jusqu'à la transparence à force de les rouler et de les frotter sous mes paupières :

La servante vient de servir la sempiternelle soupe d'oseille. Deux chandelles massives, au centre de la table, lancent des reflets vacillants. On dirait des danseuses en feu. Mon père fait son bruit de succion habituel qui me donne envie de le tuer. Ma mère me demande si j'ai passé une bonne journée sans attendre ma réponse, puisque déjà elle est en train de se plaindre à tue-tête que la soupe n'est pas assez chaude et répète pour la centième fois que la fin du monde approche, car de nos jours simplement trouver une servante intelligente et fiable est devenu impossible. Le silence revenu, je pose ma cuiller d'argent, me râcle la gorge et réponds ne pas avoir passé une bonne journée : le palefrenier m'a rentré sa queue dans le cul. Ma mère s'étouffe. Mon père fait encore plus de bruit en aspirant sa soupe. Ils m'ont très bien compris, mais feignent le contraire. J'ajoute que ça m'a fait mal et que j'ai beaucoup saigné. Mon père me lance son bol pour me faire taire. Il m'accuse de mentir. Je salis la réputation d'un homme en qui il a mis toute sa confiance. Bradley est de loin son meilleur employé. Il me hurle que je suis prêt à tout pour susciter sa pitié. Je lui fais honte. Il voudrait que je ne sois jamais né.

Des larmes coulent sur mes joues, je suffoque, je le supplie, chialant comme un bébé, cherchant mon air en racontant en détail ce que Bradley m'a fait subir. Ma description paraît si impudique, si crue – surtout que je vais jusqu'à enlever mon pantalon pour exhiber ma petite blessure trop bien cachée – que mon père finit par me croire. Dans l'écurie, des employés s'emparent du palefrenier, lui enlèvent sa chemise rouge, le fouettent pour le punir. Les coups sonores et violents terrassent le pauvre homme dont les gémissements affolent les chevaux. J'assiste à la scène, consterné. Je regrette ma dénonciation. Le spectacle terminé, les gens partis, je m'approche du corps immobile, étendu dans la paille. L'odeur chaude des chevaux enfin calmés m'enivre. Bradley semble inconscient. Je me penche sur son dos strié de longues plaies vives. J'observe les gouttes de sang perler sur sa peau.

Un tableau troublant émerge sous mes yeux.

Après un long moment, Bradley péniblement se retourne. Son regard me foudroie. Je l'aide à se relever. Aussitôt debout, il me pénètre avec une queue gonflée de vengeance.

JE GRATTAIS TON IMAGE jusqu'à percer le réel, jusqu'à faire apparaître l'excrément du vrai. Pas beau, ça, ce mot : *excrément*. On le sent – et il pue – avant d'en saisir le sens. On le bloque, on l'envoie chez le Diable. La vérité, comme toutes choses, produit des excréments. Et c'est l'art qui se charge de les ramasser. Et de les vendre. Et de les rendre admirables. Quitte à forcer l'œil, à le faire saigner. J'enlevais à tes os leurs clous, leurs jointures, pour qu'ils dansent, désarticulés et stupéfaits de l'être dans un tableau. Je tentais de te dénaturer, de capter tes reflets comme s'il s'agissait d'un sang électrique. Je contemplais ma toile en devenir, jamais je n'étais satisfait. Tu étais trop présent pour ma peinture affolée. Les yeux usés à force de te regarder, le peintre en moi t'aimait. Mais je ne faisais que des taches. Des ratages douloureux. Quelque chose clochait encore. Je pressais ton œil comme un fruit mou. Je faisais tomber sa goutte de noir sur la toile. Je l'observais s'étirer, s'effiler, ne plus rien signifier que mon embarras et mon échec. Je quittais ma toile et, tête bien haute pour te prouver que je ne m'apitoyais pas sur moi-même, que je réclamais simplement une forme d'attention de ta part, je te demandais de nouveau, avec des mots clairs, sans équivoque, de me frapper. Et tu continuais à feindre l'étonnement. À croire que j'étais un pauvre type qui ne valait pas la peine qu'on lève la main sur lui. Ton malaise, je le voyais bien, faiblissait. Un jour, tu le ferais, tu me cognerais, tu me ferais pisser le sang avec tes poings de bandit endimanché. Ça viendrait naturellement, ce moment entre nous. Comme un geste malade de tendresse.

Tu sentais de plus en plus l'alcool, ta sueur devenait enivrante. J'aimais te voir t'enliser dans cette torpeur qui brouillait tes yeux, mais n'affectait pas tes muscles. Quand tu arrivais à l'improviste dans mon atelier après une longue absence, je t'offrais un verre sans même te saluer. Avant de t'asseoir, tu tournais en rond comme un chat qui vient d'atterrir dans un endroit qu'il ne connaît pas, glissais un œil paresseux sur le fouillis qui régnait partout, puis tu risquais un regard vers mon sourire. Je jubilais : tu étais là. Dieu sait ce que tu avais pu faire pendant ton absence. J'imaginais, pour m'exciter, que tu avais kidnappé des enfants pour rançonner leurs parents bourrés de fric, que tu t'étais prostitué avec d'authentiques duchesses déchues et lubriques, que tu avais bandé, non pour leurs corps trop laiteux et trop parfumés, mais pour les billets de banque qu'elles glissaient dans ton slip. Te voir en gigolo ou en gangster prêt à tuer un enfant sans défense me rassurait sur ta santé mentale. Je savais pourtant que tu passais ton temps dans des bars miteux avec des types aussi misérables que toi. Ton argent, tu le gagnais en commettant des petits vols de débutant, des larcins crasseux et sans classe. J'étais certain que tu étais le genre de voyou à assommer une vieille dame pour lui arracher son sac. Parfois, tu me racontais que tu travaillais pour un vrai caïd, chef d'un gang qui faisait vendre de la copie, son nom à la une des journaux sales. Tu donnais peu de détails, car vous étiez sur un gros coup. Un vol de banque ou de bijouterie. Tu en étais fier, tu fanfaronnais. Mais ta voix te trahissait. Tu ne croyais plus toi-même à ces balivernes. Tu les répétais par manque d'imagination, par fatigue. Et j'aimais cette usure qui sortait de ta bouche, j'aimais tes lèvres qui la rendaient visible.

Témoin de l'affaissement inéluctable de ta volonté, je t'offrais des montants d'argent sans raison, parfois ridiculement élevés. Tu hésitais de moins en moins à les fourrer dans tes poches. Puis je sortais une toile, je revenais à la charge. J'observais la chambre de ton corps en désordre, fouillis d'organes ayant perdu leur chemin. Un sac plein de désirs, de morsures, de dérives. Je dévalisais ton corps, traquais le début de ta vie. Où commençais-tu ? Y avait-il un ordre que je devais suivre pour te rendre justice sur la toile ? Ou devais-je plutôt être immensément injuste et assumer ma cruauté envers toi pour te peindre comme s'il s'agissait d'un acte purement sexuel, même si, me mentant à moi-même, je préférais croire que ça pouvait enfanter, à force d'acharnement, de l'amour ? Tu étais ce que je peignais, non ?

Mais c'était encore et toujours de la souillure qui coulait sur mes toiles. Je les détruisais à coups de marteau pour m'assurer que personne ne vienne les récupérer dans mes poubelles.

Je suis parti en voyage. Je ne t'ai rien dit. Je suis parti pour créer mon absence. J'ai tenu trois mois. Je suis allé me perdre dans les rues de Rome.

JE N'AI JAMAIS DÉNONCÉ BRADLEY. Au contraire, je dédiais à mon violeur toutes mes caresses intimes. Je rôdais chaque jour autour du palefrenier. J'étais jaloux de son fils, qu'il amenait parfois avec lui pour l'aider à de menus travaux. C'était un garçon de mon âge aux cheveux blonds, aux joues trop rondes qui mettaient en évidence ses lèvres charnues. Il s'appelait Tom. À l'opposé de mon père, Bradley parlait à son fils avec gentillesse. Il était patient avec lui, lui expliquait calmement comment s'y prendre avec les chevaux. Je les entendais rire ensemble. Je n'en revenais pas : un père et son fils discutaient entre eux sans se crier après, se permettaient même de rire dans ce qui m'apparaissait être de la bonne humeur ! Jamais je n'avais cru envisageable une pareille relation. J'étais effondré. Je me suis mis à détester Tom et à ressentir pour Bradley une émotion que je n'arrivais pas à enfermer dans un mot. Sa paternité me troublait. Le fait de le voir avec son fils lui octroyait une sexualité amplifiée qui m'excitait au point de me faire mal. Quand il ramassait un seau, soulevait une botte de foin avec sa fourche, je reluquais son jean tendu, bandais dur aussitôt. Je me persuadais qu'il accordait à sa progéniture le même traitement qu'il m'avait fait subir. Je rêvais d'être Tom, de me faire posséder par ce père incestueux. J'imaginais qu'il quittait en pleine nuit le lit de sa femme, s'introduisait à pas feutrés dans ma chambre. Je faisais semblant de dormir, reniflais son odeur de père aux aguets. Il se penchait sur moi, me plaquait sa grosse main sur la bouche pour que je ne crie pas. Il jetait par terre ma couverture aux motifs enfantins, me retournait sur le ventre, attrapait avec ses dents l'élastique de mon pyjama pour le faire descendre jusqu'à mes genoux. Je sentais sur mes fesses son souffle chaud et haletant. La tête enfoncée dans l'oreiller, j'étouffais au moment où il m'empalait avec sa paternité débridée.

Je m'horrifiais moi-même de donner vie dans ma chair à de pareilles images. La sexualité constituait en soi un vaste univers, largement inexploré, où ma pensée n'avait pas plus d'importance qu'un grain de sable.

Bradley n'a plus eu aucun attrait pour mon corps après qu'il s'en était servi. J'ai eu beau lui proposer faussement mon aide quand je me trouvais seul avec lui dans l'écurie, lui lancer des regards, me caresser subtilement l'entrejambe, il m'envoyait promener en me lançant du crottin. Je n'existais plus à ses yeux. Je découvrais l'amour et, au même moment, ses cruautés.

L'ATELIER DE
MES CRUAUTÉS

TU ES PARTI EN HURLANT que tu ne remettrais plus les pieds dans mon atelier, ce trou à rats.

Tu n'étais pas soûl, à peine avais-tu ingurgité trois coupes de champagne sans les savourer. Tu ridiculisais mon goût maladif pour ce que tu appelais du *pipi de chat pétillant*, même si tu ne refusais jamais que j'en ouvre jusqu'à cinq bouteilles, question de te mettre en train pour la suite des choses, soit boire le whisky qui te brûlerait la langue et l'estomac. Mais le jour où tu m'as fait pisser le sang, tu avais le regard clair, tes mains ne tremblaient pas, et l'alcool n'avait décidément rien à voir avec ce qui venait de se produire.

Longtemps j'avais attendu le moment où tu me tabasserais. Tu étais assez musclé pour m'assommer sans que tes poings n'en soient émus. Aimé par tes coups, je renaîtrais dans la violence que tu m'aurais offerte sous le vert de tes yeux. À chacune de mes demandes, pourtant, tu avais trouvé un chemin pour t'enfuir. Tu me regardais de façon incrédule, me prenant pour un malade. Si je te donnais envie de vomir, ton refus était loin d'être convaincant. Je détectais l'amorce d'un sourire au coin gauche de ta bouche, là où une petite ride s'était formée. Et puis si tu claquais la porte, tu revenais. Je ne manquais pas de te questionner : « Pourquoi es-tu là ? Qu'est-ce que tu veux ? » Tournant en rond dans l'atelier, tu n'avais comme réponse que ton silence. Puis, après un moment, tu posais ton cul sur le tabouret maculé de peinture, allumais une cigarette, m'envoyais ta fumée au visage. Tu parlais de toi, ne me posais aucune question. Tu aurais pu faire un effort, me demander simplement comment j'allais. Tu te comportais comme si tu étais chez toi, je retenais mes yeux d'exprimer de la joie parce que tu étais revenu. L'atelier, depuis ton arrivée, se remplissait d'un désir.

Et un jour, tu l'avais enfin fait.

Tu l'avais fait parce que tu étais en colère contre moi. Parti à Rome sans te le dire, j'y étais resté sans te donner de nouvelles. Je savais ce qui allait se produire : tu viendrais à l'atelier, tu te cognerais à une porte fermée, tu me chercherais dans les bars, tu interrogerais en vain des gens, personne ne saurait où j'étais parti. Tu te sentirais abandonné comme si tu n'avais jamais eu d'importance pour moi.

À mon retour, tu ne m'avais pas raté. Après le champagne plutôt tiède de nos retrouvailles, sans transition, sans avertissement, tu m'as frappé au visage. Je suis demeuré droit devant toi. Un léger sifflement s'échappait de mes dents serrées. Tu es sorti de l'atelier

un moment et, dans un élan, tu es revenu m'asse-
ner avec une plus grande violence ton poing dans le
ventre. Le corps plié en deux, j'ai laissé échapper un
rire comme s'il tombait de ma bouche, cassé en petits
morceaux. Tu as peut-être cru que je pleurais ou me
lamentais. Je ricanais. Je commençais, vois-tu, à fris-
sonner de joie. J'attendais la suite avec cette excitation du drogué sentant monter en lui le picotement
de jouissance qui va inonder ses veines. Au moment
où je relevais la tête, tu m'as attrapé d'une main par
le col de ma chemise, et de l'autre, tu m'as cogné
de nouveau en plein visage. Cette fois-ci, l'impact a
été puissant. Je me suis évanoui. Revenu à moi très
vite avec un goût de sang dans la bouche, je me suis
relevé. Tu as paru surpris ou soulagé, je n'arrivais pas à
déchiffrer la lueur qui vacillait dans ton regard. J'avais
peut-être le nez cassé. Je respirais mal. L'amour ouvrait
soudain des chemins radieux. J'avançais dans la clarté
de la cruauté. J'espérais me rendre plus loin, découvrir si ça chantait ou hurlait derrière mon visage. Je t'ai
demandé de continuer un travail si bien amorcé. Tu as
empoigné le tabouret, tu me l'as lancé. Je l'ai esquivé.
Je préférais que tu me frappes avec tes poings nus.

Après ton départ, je me suis lavé le visage à l'eau
froide. J'ai inséré des petits morceaux de coton dans
mes narines pour empêcher le sang de couler. Puis, au
hasard, j'ai lancé sur la toile un jet de peinture. C'était
ta bouche, et bien d'autres choses encore, mais j'avais

décidé que ce jet de peinture était ta bouche, qui affichait l'insistance d'un sexe où je fourrais mes doigts. J'ai ramassé un peu de poussière sur le plancher, je l'ai mélangée à l'éclaboussure. Le rouge, en s'épaississant, en grumelant, perdait son éclat, se rapprochait de la chair. Je ne bandais pas, mon cerveau le faisait. Je m'empêchais d'avoir une idée de ce que j'étais en train de faire. Je ne dessinais pas, peut-être étais-je sur le point de peindre ce qui me hantait depuis la nuit où tu m'avais cambriolé. J'imaginais tout cela, bien sûr, mais ça n'avait pas d'importance. Mon fantasme n'arrivait pas à apparaître sur la toile. N'insistait que ta bouche, elle s'ouvrait comme une blessure, infectée par mon œil.

Te peindre, c'était aussi plonger mes doigts dans le gris de mon cerveau, étaler ma main gluante sur la toile consentante, toile junkie en manque de visage, quêtant sa perfusion de couleurs. Mais j'étais rarement satisfait. La toile avait toujours trop soif, elle buvait, buvait, ne séchait pas devant le feu de mon regard. Elle méritait l'assassinat, et je passais trop souvent à l'acte.

À **PARIS, À L'ÉPOQUE** où je me prostituais dans l'insouciance, j'ai fait la rencontre d'un homme très gros. Il m'a convaincu d'aller chez lui. Il vivait dans le 7e arrondissement, un quartier huppé où il possédait un appartement au quatrième étage d'un immeuble aux façades fraîchement ravalées. C'était en octobre, les platanes encore touffus bruissaient dans le vent du soir. L'ascenseur étant en panne, l'homme soufflait comme une baleine en montant les escaliers. Il était très gros, mais aussi très laid. Je me souviens encore du chapeau ridicule qu'il portait, un panama démodé, taché sans doute d'une merde d'oiseau qui lui était tombée dessus. Montant derrière lui, je me suis demandé ce que j'étais en train de faire. Mon cœur cognait dans ma poitrine. Ce n'était pas d'excitation. Plutôt d'un mélange de honte et de peur. Peur qu'en entrant dans l'appartement de cet homme qui me dégoûtait physiquement, une chose horrible se produise. Honte de ne rien faire pour empêcher que cela arrive. Je trompais mon angoisse en comptant les marches de cet escalier en colimaçon comme si je gravissais mon propre destin.

Sur le pas de sa porte, l'homme a pris un temps pour chercher ses clés et reprendre son souffle. Une fois la porte ouverte, il m'a fait signe d'entrer. J'ai hésité, il m'a poussé dans le dos avec sa main, puis a refermé la porte, qu'il s'est empressé de verrouiller. Il a disparu aussitôt. Je l'ai entendu ouvrir un robinet, il buvait probablement un verre d'eau. J'ai pris le temps de regarder où je me trouvais. La pièce était surchargée de meubles, de tableaux, de bibelots. Je me souviens d'une lampe torchère qui avait l'aspect et la dimension d'un petit réverbère. C'était le seul objet qui sortait un peu de l'ordinaire. Sinon, des croûtes, du bric-à-brac cher pour bourgeois tape-à-l'œil. Un sofa était recouvert d'un tissu moiré qui se terminait par une frange où pendouillaient des breloques de verre. Totalement ridicule. Un tapis persan, plutôt de bonne qualité, recouvrait en partie le plancher. L'homme est sorti de la cuisine, puis s'est dirigé vers une chambre. Je le trouvais étrange. Je m'attendais à ce qu'il m'offre un verre. Rien. Il est ressorti de la chambre très vite avec une valise en cuir. Il l'a déposée sur le sofa, m'a fait signe de m'approcher. Je n'ai pas bougé, j'en étais incapable. Il est venu vers moi, m'a poussé dans le dos comme il l'avait fait pour me faire entrer dans l'appartement. Il m'a demandé d'un ton sec d'ouvrir la valise. Je l'ai fait. Un parfum sucré, poudreux, s'est échappé de la valise remplie de vêtements méticuleusement pliés. L'homme est allé s'asseoir sur le fauteuil faisant face au sofa, près de la lampe torchère. Son visage a changé subitement. Ses traits se sont durcis. J'ai tout de suite compris ce qu'il voulait. J'ai vidé le contenu de la valise sur le tapis persan : petite culotte noire, soutien-gorge couleur chair, robe légère à imprimés, souliers à talons aiguilles. Quand j'ai retiré mes vêtements, l'homme a émis un grognement. J'ai eu l'impression qu'il évaluait mon corps nu comme si c'était un morceau de viande. Ça m'a presque fait rire. J'ai mis la petite culotte. Je me suis dandiné devant lui. Il a grimacé. J'ai compris qu'il désirait que je mette le reste. Je me suis approché pour qu'il m'attache le soutien-gorge dans le dos. Après s'être exécuté, il m'a poussé de la main pour que je retourne près du sofa. J'ai enfilé la robe. Incapable de chausser les talons aiguilles, je me suis planté devant lui. Il s'est levé en soufflant, ses lèvres tremblaient. Il a reniflé le satin de la robe, visage contre mon ventre. Il a posé difficilement un genou au sol, puis un autre. Je ne savais pas ce qu'il avait en tête, agenouillé devant moi comme un pénitent. Il a relevé la robe, s'est enfoui la tête entre mes jambes. Il léchait la petite culotte. Ç'a été très long. J'ai cru à un moment qu'il était en train d'étouffer. D'un geste brusque, il m'a poussé avec sa tête. Je suis tombé en m'éraflant les coudes. Il m'a crié : « Mets-toi à quatre pattes ! » Je me suis retourné vers lui. Il a répété son ordre, la face congestionnée, rebutante et fascinante à regarder. Et soudain, j'ai compris que ne pas lui obéir me serait impossible. Mon corps lui appartenait. Il a relevé les pans de la robe, a fait glisser sur mes cuisses la petite culotte pleine de sa salive. Dès qu'il m'a pénétré, j'ai pensé à mon père.

J'ai revu cet homme plusieurs fois avant de quitter Paris.

Un jour, j'ai marchandé sur les quais de la Seine un livre usagé sur les maladies de la bouche. En le feuilletant, j'ai été attiré par les dessins aux couleurs vives qui illustraient les différentes pathologies dues à des plaies, à des inflammations et à d'autres formes d'agression. J'ai toujours eu ce livre en ma possession. Il m'a suivi d'atelier en atelier. J'ai découpé plusieurs de ces planches criardes qui exhibaient les muqueuses des parois buccales et le gros muscle idiot de la langue. Je les scotchais sur des reproductions d'œuvres qui traînaient dans l'atelier – Poussin, Greco, Goya et d'autres –, où elles créaient des anomalies foudroyantes. Je les regardais du coin de l'œil en peignant. Elles me narguaient, me défiaient, interrogeaient les mystères de la vie, me lançaient des énigmes. La chair n'a jamais été rose. Et personne n'a jamais été vraiment blanc. Comment trouver la couleur qui rendrait justice à la violence habituelle de l'homme, au frisson qu'elle provoque, à la colère qui gonfle son œil ? À quel point je m'entêtais à peindre les ouvertures du corps, le déchirement d'un visage qui accouchait d'un cri !

Dans les tableaux que je te consacrais frénétiquement, tu ne parlais pas, ton image demeurait muette malgré le déchaînement de ta bouche qui se comportait comme un animal en cage. Elle refusait la couleur que je lui offrais, s'esquivait, fuyait mes coups de pinceau, bavait sur la toile, défigurait ton visage par son refus de tenir en place. Quand je suis parti à Rome, je me suis retrouvé un jour devant la porte de la galerie Doria-Pamphilj, située dans le palais du même nom. Je savais que le tableau qui m'obsédait depuis des années s'y trouvait : le portrait du pape Innocent X, peint par Vélasquez. Je considérais ce portrait comme l'un des plus grands jamais réalisés. Vélasquez avait peint si méticuleusement le pape que celui-ci l'avait refusé, le trouvant trop ressemblant. Il n'avait pas supporté – je l'imaginais et je le croyais – d'être confronté à la vérité de sa condition humaine, ayant espéré retrouver dans l'œuvre du peintre le frémissement de la transcendance, la trace de la grâce, ne serait-ce qu'un pli de la grandeur de sa fonction papale. Il n'avait vu qu'un homme aux traits constipés, noyé dans ses vêtements somptueux d'église. Vélasquez avait saisi de manière magistrale l'humanité de la situation autant que sa bouffonnerie future. Ce tableau me fascinait et m'épouvantait. Je n'arrivais pas à mettre le doigt sur la sensation qu'il provoquait en moi. Il m'attirait, me dégoûtait, m'ébranlait. Aussi, ce jour-là à Rome, suis-je bien entré dans la galerie Doria-Pamphilj. Je me suis approché de la salle où *Le Pape Innocent X* était accroché, et plus je m'en approchais, plus les battements de mon cœur m'alertaient, ralentissaient mes pas au point que, dans un mouvement de panique, je me suis mis à courir vers la sortie. Je n'ai jamais vu le tableau. J'avais le pressentiment que devant l'œuvre de Vélasquez, j'aurais été aspiré, déchiqueté, dévoré par une force qui s'y terrait, comme une bête guettant sa proie. En quittant Rome, j'avais désormais un combat à mener avec ce tableau. C'était avant tout physique. J'allais recevoir des coups, en donner. Cette figure curieusement mâle de pape, j'en ai peint d'innombrables versions. Je me suis acharné pendant des années à la démantibuler, à tenter d'exhiber ce qu'elle cachait sous les couches féminines de sa robe sacerdotale. Je lui ai offert une bouche, une gueule, une plaie grande ouverte pour entendre son hurlement. Jamais satisfait, je recommençais, m'efforçais à ce que le pape de ma toile se distorsionne sous la pression de sa colère. Une colère accumulée au cours des siècles, fusionnée à une autorité morale usurpée. Sa mâchoire se désarticulait, sa tête se fractionnait pour laisser passer un impossible cri noir. Tous mes papes souffraient d'une irritante, infatigable maladie buccale qui les faisait aboyer devant une chose invisible pour celui qui regardait la toile et qui semblait incarner l'absolu de l'horreur. Moi, je n'étais pas dupe, j'entendais le cri de mon père devant son fils défectueux, sa répugnance devant l'échec de sa propre chair.

Tu m'as aidé avec tes poings à peindre le visage, le sexe, puis leur inévitable confusion, puis leur fusion jouissive. Me frapper te démolissait, je le percevais dans ton regard pétrifié. Quand tu me quittais après notre petit rituel, j'allais m'examiner dans le miroir, fêlé et taché, qui traînait dans un coin de l'atelier. La douleur palpitait encore, écho entêté, heureux.

Mon visage comme néant, terre d'ecchymoses, ampoule violacée. Mon visage comme sensation, couleur, masse enrobée de son cerveau, inconsistante, en train de renaître de son pourrissement. Mon visage qui avait mangé tes coups et qui ressemblait à tes poings.

Avec ce visage, je pouvais te peindre comme si je t'aimais.

Je ne faisais pas de la vie, je faisais du théâtre. Je répétais et rejouais jusqu'à ce que la toile soit à bout de souffle. J'encageais l'espace autour de toi, je te plaçais sous des parois de verre, j'arrachais à ta bouche ses lèvres. Je montrais tes dents sans leur rideau de phrases. Je te peignais comme si tu avais trop de chair ou comme si ton squelette se pressait contre tes muscles pour sortir de ton corps.

Ta vérité n'avait rien à voir avec ta beauté.

Je caressais l'idée de m'ouvrir avec un couteau de cuisine et de puiser dans mes entrailles la source de mon gris, de mon bleu de Prusse, de mon orangé, couleurs vivantes qui auraient su te peindre dans la plus stricte économie de lumière. J'avais l'intuition que les organes étaient les seuls vrais artistes à l'œuvre. La toile fonctionnait comme une trappe, mâchoire qui s'abattait sur la pomme rouge de mon cœur. C'était épuisant, affolant, merveilleux. Le tableau me dégueulait ou m'accouchait, c'était du pareil au même. Je ne te peignais plus en entier. Je tordais ton corps, te faisais apparaître comme si une partie de toi était en train de disparaître. Je découvrais que m'astreindre à peindre la totalité aboutissait à un cul-de-sac. Je glissais de l'absence sous ton visage ; ça le dégonflait, lui retirait sa certitude, l'amenait à s'interroger sur lui-même. J'amputais ton corps, laissais l'espace grignoter ta silhouette, avaler l'inutile pour que l'essentiel émerge.

Je ne fabriquais pas du mélancolique, de l'élégiaque, du repentir, mais le jaillissement de ton corps, sa coulée vers l'extérieur. L'abandon de ta peau se métamorphosait en l'offrande de ta chair.

AVEC L'HOMME TRÈS GROS, les choses se déroulaient toujours de la même façon. Mais un jour, après m'avoir payé, il m'a proposé un verre. Je m'attendais à ce que nous demeurions au salon, il m'a plutôt fait signe de le suivre. Nous avons traversé un étroit corridor où était accroché un long miroir. J'ai vite aperçu nos deux visages s'étirer dans la pénombre comme s'ils étaient aspirés par une bouche obscure. L'homme très gros m'a fait entrer dans une pièce où stagnait une odeur de tabac, la même qui imprégnait les cages d'escalier des hôtels de passe où j'amenais des clients. Il s'est assis derrière une lourde table rectangulaire, encombrée de livres, de journaux, de revues, de presse-papiers en verre coloré. Ce désordre débordait, contaminait le plancher où s'entassaient dans la poussière de gros bouquins, dictionnaires, encyclopédies, livres d'art. Je craignais de subir une crise d'asthme. La fenêtre unique de la pièce était masquée par d'épais rideaux de velours, semblables à ceux qui se trouvaient dans la chambre de mes parents quand j'étais enfant et qui, pour une raison qui m'a toujours échappé, m'horripilaient. Pas un bruit ne parvenait de l'extérieur. Sur les murs, des masques africains, asiatiques, des tableaux abstraits où était égaré un Christ en croix efflanqué. Dans un coin, une bibliothèque sous verre où luisait le dos gravé d'or d'une même collection de livres. Tout ce que je voyais jurait avec le décor bourgeois, sans originalité, sur lequel donnait la porte d'entrée de l'appartement. Une étonnante caverne secrète qui étalait dans un fouillis recherché les objets d'un musée personnel.

Je me suis assis sur un pouf en cuir, j'ai attendu que l'homme très gros – c'est toujours ainsi que je me le désignais – brise le silence. Je l'ai vu se pencher et ramener de sous la table une bouteille de cognac. Il m'a pointé d'un doigt deux verres posés sur la bibliothèque. Je suis allé les chercher. Il s'est allumé une cigarette sans m'en offrir une ; je l'aurais de toute façon refusée, n'ayant jamais fumé. Nous avons bu nos verres en silence. Puis il a longuement parlé d'un livre qu'il était en train d'écrire. Il reprenait à intervalles réguliers son souffle, ménageant de petites pauses pour vérifier l'intérêt que je portais à ses paroles. Je ne lui posais aucune question, intrigué par les phrases qui sortaient de cette immense masse de chair. Ma connaissance du français, suffisante pour aborder des types dans la rue ou acheter un chou-fleur au marché, était loin de l'être pour saisir clairement ce qu'il me racontait au sujet de Nietzsche, d'Eschyle et de sa trilogie de *L'Orestie*, de la poésie de Hölderlin, ce qui ne semblait pas le stopper dans ses révélations. Je crois même que ça l'encourageait. Je regardais son visage s'animer d'intelligence, ses petits yeux surnager dans la bouffissure de son visage, se mettre à pétiller, et je ne pouvais m'empêcher d'entendre de nouveau ses grognements jouissifs quand, quelques instants plus tôt, il me manipulait comme une poupée molle au point que je m'étonnais d'être encore en vie après la violence de ses secousses, amplifiées par sa corpulence.

Par la suite, nos rencontres physiques sont devenues plus extrêmes, plus bestiales, comme si le fait qu'il m'avait dévoilé un autre aspect de sa personne – le côté solaire de son *âme*, si ce mot a déjà eu du sens pour moi – avait libéré toute prudence, toute frontière entre sa pensée et sa queue. J'ai cessé de le voir de peur que l'un de nous deux en crève. Lui, d'apoplexie ; moi, d'étouffement.

Peu avant de quitter Paris, je suis tombé sur une vitrine de librairie où une dizaine de livres étaient disposés autour de la photo d'un auteur. J'ai reconnu l'homme très gros. Curieux, je suis entré dans la librairie. J'ai choisi parmi ses livres celui dont le titre me semblait évoquer le mieux les moments intimes que nous avions, lui et moi, partagés : *L'autre en soi*. À la caisse, la libraire, une femme dans la quarantaine au chignon impeccable, avait les larmes aux yeux en m'informant de la mort de son auteur, dont on venait de découvrir deux jours plus tôt le corps dans un état avancé de pourrissement, encore assis derrière sa grande table de travail. Sur le coup, je n'ai rien ressenti, sinon un léger frisson de dégoût. Un suicide par empoisonnement, mais ce n'était qu'une rumeur, il fallait attendre l'autopsie, précisait la libraire, devenue soudainement intarissable. Elle parlait de l'homme très gros comme si elle l'avait personnellement connu. Elle avait dévoré ses livres, s'était nourrie d'eux, épanouie avec eux. Sa voix aiguë, presque fluette, au rythme de plus en plus rapide, m'étourdissait au point que je ne saisissais plus rien de ses longues phrases. J'ai payé pour couper court au plus vite. Je me suis précipité pour acheter les journaux au premier kiosque rencontré.

Plusieurs articles de fond relataient la mort suspecte de l'illustre philosophe. En les parcourant, ému, mais aussi habité d'une fébrilité malvenue, je saisissais l'impact que sa disparition provoquait dans le milieu intellectuel parisien. L'homme, qui m'avait payé pour m'utiliser comme un simple contenant, laissait un héritage unique, radical, dans le domaine de la pensée critique. Cet éveilleur de conscience avait embrassé de son regard pénétrant l'histoire des institutions sociales et des forces cachées qui les maintenaient en place, en avait fait un récit où, à la suite de Nietzsche, de Freud, de Marx, « il avait reformulé la mort du sujet en incriminant les façons de voir et de savoir que chaque époque mettait de l'avant ». Devant cet étalage posthume, je n'étais sensible qu'à l'admiration et à la gravité du ton qui s'en dégageaient. J'ai compris la réelle portée de ces éloges quand, incapable de lire correctement l'original malgré mes efforts méritoires, j'ai pu lire la traduction anglaise de *L'autre en soi*.

En quittant Paris, après des mois d'errance, je me suis établi à Londres. Ma mère me versait une pension qui m'avait permis de ne pas crever de faim jusqu'à mes vingt ans. Par la suite, il a bien fallu que je me débrouille. Pendant une dizaine d'années, n'osant aborder de front la peinture, j'ai dessiné des meubles. Avec l'audace du débutant qui n'a rien à perdre, j'ai ouvert une boutique où je les exposais. Il m'arrivait de recevoir des commandes. J'étais doué, mais ça ne me passionnait pas. J'arrondissais mes fins de mois avec quelques messieurs bien argentés. Je me suis lié avec l'un deux. Harris était marié et père de trois enfants. Quand j'ai commencé à peindre à la fin des années 1930, il m'a acheté mon premier tableau. Il m'a beaucoup aidé au début de ma carrière. Il possédait à Londres un appartement où il m'invitait à l'insu de sa famille. Un jour, je suis tombé chez lui sur un magazine où figurait un article sur la récente publication de la traduction anglaise de *L'autre en soi*. Une photo en couleur de l'homme très gros, se tenant debout derrière un masque africain, acompagnait le texte. J'ai aussitôt abandonné mon bienfaiteur qui s'apprêtait à me tartiner un morceau de pain grillé avec du beurre – nous étions en guerre, les Allemands nous bombardaient chaque nuit, c'était un exploit d'avoir quelque chose d'aussi rare que du beurre – et je suis parti en vitesse faire le tour des quelques librairies dont les vitrines n'avaient pas encore été fracassées pour dénicher *The Other in Oneself.*

Une lecture qui m'a excité sexuellement au point où j'ai dû me masturber plusieurs fois pour me soulager. Pourtant, nulle description de branlade ou d'enculade. Mais ma lecture était sporadiquement perturbée par le souvenir des coups de boutoir que l'auteur du livre m'envoyait dans le fondement avec des halètements de bête comme si son but était de me fendre en deux, de me traverser ou, à l'inverse, de disparaître dans mes entrailles, sa masse énorme, par la magie du désir, ayant réussi à se loger dans les limites douloureuses de mon être secoué. Assurément, une lecture éclairante sur l'incapacité pour l'homme d'être uniquement et simplement ce qu'il est, car jamais seul en lui-même. L'autre le parasite au point que son moi n'est plus qu'une sensation de passage, illusion clignotante.

Le livre terminé, voilà ce que je saisissais : le seul endroit où l'homme se retrouve absolument seul, c'est dans sa viande. La seule certitude, c'est la solitude de son corps. La solitude de sa viande. Et l'homme très gros, qui était aussi l'homme le plus laid avec lequel j'avais partagé mon intimité, savait de quoi il parlait quand il réfléchissait sur l'avenir de la viande humaine.

Dieu n'échappera pas à l'homme qui le mangera, puis l'expulsera comme un excrément parmi d'autres. L'homme n'échappera pas au carnage. Et l'humanité n'échappera pas au néant.

La pensée de l'auteur était radicale, pessimiste, pernicieusement joviale dans l'envolée radieuse de ses longues phrases qui semblaient se terminer par un petit rire métallique. Sa réflexion, d'une étincelante sophistication, m'émouvait, car elle me rejoignait, me donnait les mots que je cherchais pour exprimer ma vision du monde, clarifier le sens de mon existence, même si celui-ci aboutissait au mur de la matière. Depuis ma naissance, je vivais dans l'imminence d'un désastre, d'une hécatombe, d'un moment si éblouissant de violence que la marche du temps serait stoppée par sa venue. Une explosion qui remettrait les pendules de l'univers à zéro. Et plus j'avançais en âge, plus l'époque à laquelle j'étais né me donnait raison de le croire. Nous avions « gagné » une guerre absurde au prix de la mort de millions de jeunes soldats, crevés dans la boue des tranchées, pour nous engouffrer deux décennies plus tard dans une autre, dont les atrocités s'annonçaient pires encore. La Deuxième Guerre mondiale mettrait en place l'industrialisation de la viande humaine. Une tuerie gigantesque, jamais égalée. L'homme très gros l'avait prédit et écrit noir sur blanc dans son livre. Son pessimisme philosophique confortait le mien bien que je le pratiquais en étant habité par une joie de vivre paradoxale et sexuelle : j'ai vécu la guerre en état d'érection permanente.

J'AVAIS DEMANDÉ À UN AMI de te photographier. Je ne voulais pas de sa part une approche esthétique ni quoi que ce soit qui relèverait d'un cadrage recherché, d'une vision personnelle qui te modifierait à mes yeux. Rien qu'une photo à la limite de l'aveuglement. Banale trace de ce que la lumière faisait de toi à ton insu. Désormais, je préférais utiliser ce genre de photos plutôt que de te faire poser pour moi.

Je devais me l'avouer : depuis un bon moment, je ne supportais plus ta présence dans mon atelier. Elle contaminait mon travail comme si elle dégageait une radioactivité, déréglant ma concentration, déroutant mes gestes. Ton corps en faisait trop, débordait de lui-même. L'argent que je te refilais sans compter en était en partie responsable. Il n'y avait plus de limite à ta beuverie. Tu écumais les bas-fonds et, sans t'en rendre compte, tu imitais mes largesses, mon insouciance, surtout ma déchéance, que tu étais loin de maîtriser aussi bien que moi. Tu te ramassais avec des paumés, des déchets, de la petite pourriture, tu leur payais à boire jusqu'à ce qu'ils se vautrent sur le plancher ou s'évanouissent dans les toilettes de bars obscurs. Tu jouais au grand seigneur, mais tu étais aussi pitoyable qu'eux. Tu ressemblais de plus en plus à la loque que tu dissimulais, à l'homme désemparé que tu avais toujours été. Tu te pointais chez moi à toute heure, tu m'épuisais, tu empestais, tu m'empêchais de travailler. Même si je ne t'écoutais pas, tu continuais à baver, à délirer. Tu enlevais tes pantalons, te promenais en slip pour m'exciter, sachant très bien que ça ne mènerait à rien, incapables comme nous l'étions d'accorder nos corps dans un moment de tendresse. Ta virilité se noyait dans l'alcool et la drogue. Ce qui ne t'empêchait pas de claironner tes prouesses avec de nombreuses femmes. Tu leur inventais des visages, des drames, des passions, des prénoms. Tu jouais faux, n'arrivant plus à masquer la racine de ton désir. La cocaïne que tu t'envoyais à répétition depuis peu te rendait euphorique et dangereux. Tu ne te contrôlais plus, me cognais avec une fureur qui aurait pu me tuer. Tes coups me faisaient mal à présent parce que tu m'aimais trop. Et je ne voulais pas de ça. Non. Je le voyais dans tes yeux, que tu m'aimais et que tu souffrais. Ce n'était pas ça que j'attendais de toi. Je n'avais pas besoin d'être aimé. Surtout pas de cette façon. Je t'ai demandé de ne plus mettre les pieds à l'atelier. Je t'ai lancé au visage tout l'argent que j'avais sous la main. Je t'ai crié de le ramasser et de disparaître de ma vie.

Pendant des mois, je n'ai plus eu de nouvelles de toi. Je faisais des efforts pour ne pas partir à ta recherche. Souvent, malgré moi, je te cherchais du regard dans les rues, dans les bars que nous fréquentions. J'étais en même temps triste et soulagé de ne pas tomber par hasard sur toi. Une seule fois, je t'ai aperçu derrière la vitrine éclairée d'un cinéma. Tu te tenais dans le hall avec une femme qui m'a fait penser à Gabriela, cette Brésilienne qui vivait à Londres. Peut-être était-ce elle, après tout. En repensant à cette soirée où j'avais posé ma main sur ta cuisse, incrustant ma marque dans ta chair passive, en me rappelant la chaleur qui montait de ton entrejambe et affolait mon sang, j'ai failli me précipiter sur toi, me jeter à ton cou, me laisser glisser le long de ton corps pour embrasser tes jambes. Heureusement, je me suis épargné cette ridicule bouffée de sensiblerie. L'imaginer, c'était déjà trop. J'ai préféré me mordre la langue, traverser la rue en courant et t'expulser de mon système nerveux.

Peu de temps après, des policiers ont débarqué chez moi avec deux énormes chiens tenus en laisse. Devant mes cris de protestation, ils m'ont mis sous le nez un mandat de perquisition. Ils ont tout saccagé à la recherche de quelque chose. Je ne comprenais pas ce qui se passait. Finalement, l'un des chiens a reniflé une boîte de métal enfouie sous une pile de vêtements sales. À l'intérieur, dissimulé entre des tubes de peinture desséchée, un sachet de cannabis, à peine de quoi fumer trois joints. Aussitôt, j'ai compris : tu avais fait le coup. Tu t'étais débrouillé pour le faire en mon absence. Tu n'avais pas besoin depuis longemps de me cambrioler, tu avais les clés de l'atelier. Je n'avais pas jugé bon, après notre rupture, de remplacer la serrure. Froidement, tu m'avais dénoncé. Un minable délit qui avait pourtant des conséquences désastreuses sur ma carrière : je venais de recevoir une invitation à me rendre à New York pour une exposition d'envergure. Accusé de possession illégale de drogue, j'aurais été refusé à la frontière américaine. Et ça, tu le savais, les journaux en avaient parlé.

Ta manigance m'a valu un procès, une tonne de tracas, des frais abusifs d'avocat. Au bout du compte, le juge, mis au fait que le « dénonciateur » m'avait servi de modèle pendant des années, a conclu dans sa grande sagesse à une malheureuse querelle entre homosexuels. Ta tricherie se retournait contre toi. J'ai souri, puis j'ai souffert quand, selon certains témoignages indiscrets, on a décrit les services que tu me rendais comme ceux d'*un homme à tout faire*. Tu as été humilié. Mon avocat a évoqué ton alcoolisme, ta jeunesse de petit délinquant sans famille, tes séjours dans des maisons de redressement, tes fréquentations douteuses avec de vrais gangsters. À la limite, on se moquait de tes prétentions au mal car, du même coup, on ne te prenait pas suffisamment au sérieux pour te croire dangereux.

Devant ta déconfiture, contre toute attente, j'ai pris ta défense, ce qui a amené le juge à rendre son jugement plus rapidement, excédé par la tournure des événements, pressé de quitter la cour devant un tel cirque. J'ai été acquitté. Et nous avons recommencé nos déboires habituels avec encore plus de lucidité et d'acharnement, sachant où fatalement la route s'arrêterait pour nous.

En quittant ensemble le palais de justice, nous sommes allés nous soûler jusqu'à l'aube, célébrant l'inévitable.

J'AI EU LA CHANCE de ne pas avoir été envoyé au front pendant la guerre. Je n'ai pas tué, pas connu les horreurs des combats suicidaires. La veille de mon examen médical, j'ai dormi avec un chien, « réquisitionné » à un ami. Un gros animal au poil long et mouillé – il avait plu toute la journée – que j'ai enfermé dans ma chambre. Il puait. La nuit a été éprouvante. J'ai cru que j'allais mourir au bout de mon souffle. Au petit matin, muni d'un asthme affolant et sifflant, je me suis présenté devant le comité de sélection. Le médecin-chef m'a réformé sur-le-champ : impropre au combat. Ma lâcheté ne m'accablait pas. Je tenais à vivre cette guerre à ma façon. Je me suis intégré à des groupes de volontaires lors des raids aériens. Ils étaient fréquents : je passais mes nuits dehors. Il fallait s'assurer que le black-out était respecté. Je distribuais des masques à gaz, de la nourriture. Puis ça s'est brutalement corsé avec la violence des frappes. J'aidais à dégager les victimes des décombres, à éteindre avec des moyens ridicules les incendies qui se propageaient dans le quartier qu'on m'avait assigné. Je rentrais de mes escapades abruti, tremblant.

Mon père vivait alors ses derniers jours. Je ne l'avais pas revu depuis qu'il m'avait expulsé de la maison familiale. Je me suis rendu dans la petite ville portuaire où, avec ma mère, il avait choisi de passer les dernières années de sa vie. Il avait dépensé une fortune pour aménager un ancien presbytère, n'ayant jamais perdu son goût pour les vastes demeures au fronton hautain. J'avais quitté Londres avec précipitation, apportant peu de vêtements. Ma mère m'a accueilli à la descente du train. La gare était déserte, il y régnait un froid humide venant de la côte. Des rafales de vent et de pluie sale balayaient les rues étroites à peine éclairées. Ma mère, me serrant contre sa poitrine, m'a glissé à l'oreille qu'elle avait hâte que mon père meure. J'ai cru avoir mal entendu. Peut-être voulait-elle me signifier qu'elle avait hâte qu'il cesse de souffrir. Je n'ai pas insisté, je l'ai complimenté sur sa nouvelle coiffure. Ça la rajeunissait. Elle avait abandonné cette façon hideuse qu'avaient les femmes de sa génération et de sa classe – petite bourgeoisie fortunée – de séparer leurs cheveux sur le devant, faisant naître au milieu une raie blanchâtre. Je trouvais cela dégoûtant.

Pendant le trajet de deux heures qui m'avait éloigné de Londres et de ses raids quotidiens, j'avais réfléchi à ce que je dirais à mon père sur son lit de mort. En regardant le paysage défiler, fouetté par la pluie cinglante, je formulais dans ma tête des phrases que le roulement du train étirait, rythmait, leur donnant un caractère impitoyable :

Tu avais honte de moi.

Mes pleurs de bébé t'insupportaient déjà.

Tu me méprisais parce que j'étais un enfant malade.

J'étouffais. Tu me disais : « Respire au lieu de pleurnicher ! »

Tes seules marques d'affection ont été des coups de fouet.

Je n'étais pas comme les autres, tu le savais.

Tu l'as su dès le début.

Au fond, je te dégoûtais.

Je n'avais rien du fils que tu aurais souhaité.

Du fils qui t'aurait rendu fier.

Qui aurait dressé à tes côtés des chevaux.

Tu ne m'as jamais parlé sans me crier tes ordres.

Jamais souri.

Jamais pris dans tes bras.

Jamais caressé.

À tes yeux, j'étais un raté.

Un désaxé.

Un pédé.

Un sale pédé.

J'allais me vider le cœur. Je ne flancherais pas. Je ne verserais pas une larme. J'irais jusqu'au bout de mon ressentiment. J'irais jusqu'à lui avouer le désir que son corps de père suscitait chez moi, désir éclatant, douloureux, qui avait déchiré mon adolescence. Je lui ferais honte jusqu'à son dernier souffle. Il emporterait dans la mort le ravage et le saccage de son fils raté.

QUAND JE SUIS ENTRÉ dans la chambre où agonissait mon père, j'ai été soulagé de constater qu'il n'était pas en état de parler. Une infirmière ramassait avec une lingette la bave accumulée au coin de ses lèvres desséchées. Ma mère, au rez-de-chaussée, me préparait un sandwich et du thé. L'infirmière, avant de quitter la chambre, m'a pris la main, qu'elle a tenue longuement. J'ai pensé, non sans ironie, que c'était sa manière de m'offrir à l'avance ses condoléances.

Seul avec lui, je me suis approché du lit où une lampe en opaline, posée sur un guéridon, diffusait une lumière trouble. Près de la lampe, une montre dont j'entendais clairement le tic-tac. De l'homme qui m'avait chassé de sa maison et de sa vie, il ne restait plus rien. Son corps était si amaigri, si décharné, j'aurais pu le porter dans mes bras. La beauté sévère de ses traits, envolée pour de bon dans la mémoire de mon enfance.

J'entendais le sifflement pénible de sa respiration. Sa poitrine se soulevait de façon grotesque. Soudain, sa bouche s'est ouverte démesurément, cherchant l'air qu'elle ne trouvait plus, prise d'une rage incontrôlable.

Je me suis éloigné du lit. Son regard m'a cherché. Du moins, c'est ce que j'ai cru percevoir. Mais peut-être était-il confus ou plongé dans les affres de la mort qui s'impatientait. Comme s'il chassait une mauvaise pensée, il a fait un geste avec sa main. Il l'a laissée retomber sur son ventre, puis ses yeux se sont vidés à jamais de toute lumière. Il avait déjà l'éclat incertain d'une statue de cire.

J'avais pénétré dans la chambre avec des phrases de haine, de vengeance, de hargne. Elles me semblaient à présent ridicules, fautives. Au moment où je me penchais pour lui fermer les yeux, ma mère a ouvert la porte. J'ai eu le sentiment qu'elle venait de surprendre son fils en train de commettre un acte honteux.

Mon père, mort dans mon silence, mort dans le tic-tac de sa montre.

Papa, seul mot qui soit sorti de mes lèvres.

Le lendemain, je me suis réveillé fiévreux, en sueur. Je n'étais ni triste ni malheureux de ne pas l'être. Aux funérailles, je grelottais. Ma mère a insisté pour que je porte le manteau de mon père. Je percevais son odeur qui pénétrait ma peau, réveillait des sensations, des souvenirs. Une odeur de bottes, de cigare, de cuir, de cheval fouetté. Je bandais. Ma mère pleurait, sans doute de soulagement. Elle m'avait avoué que les dernières années avaient été pénibles. La maladie de mon père avait aggravé son irritabilité et ses accès de colère. Elle ne le supportait plus. Cet ancien presbytère n'avait pas aidé. Un endroit rempli de chambres vides, de courants d'air, d'escaliers lugubres baignant dans des relents d'encaustique, de chagrin.

De retour à Londres, ma fièvre, tombée subitement, n'a laissé aucune trace. Au contraire, j'ai repris mes activités de volontaire nocturne avec une énergie accrue. Je ne craignais plus les bombardements comme si, m'étant déclaré invincible, je l'étais *ipso facto* devenu. Le bruit des explosions ne me terrassait plus. Le manque de nourriture – un défi qui prenait de l'ampleur chaque jour –, loin de me déprimer, me galvanisait. Je faisais preuve d'une débrouillardise joyeuse qui m'étonnait moi-même. Et jamais, durant cette époque de ténèbres et de chaos, séduire un homme n'a été aussi facile. Je draguais des hommes hétéros, ce qui affolait mon désir et décuplait mon plaisir. Je me retrouvais dans les bras de marins, de soldats en permission, de jeunes pères, de réfugiés hébétés. Je dépensais avec eux tout ce que je possédais, écumais les bars clandestins, éclusais les fonds de bouteilles. Je jetais mon dévolu sur les plus costauds, les plus virils, les plus inatteignables, hommes à femmes les plus évidents. Au petit matin, j'arrivais à mes fins. Ils jouissaient dans les hoquets et les larmes, repartaient au front ou disparaissaient dans le brouillard, aussi allégés que tourmentés. Devant la proximité de la mort, son imminence, son imprévisibilité, le sexe était vécu comme la seule vérité possible où le visage de l'autre ne pouvait plus rien cacher.

Sur un coup de tête – ou de cœur – je t'ai emmené avec moi à New York. J'avais peut-être aimé ta trahison plus que je ne t'aimais toi-même. Chose certaine, pendant le procès, j'avais entrevu le gamin fautif que tu traînais dans les rues à la recherche d'aventures et d'une vie palpitante qui t'arracherait à la banalité de ton existence. Nous avons quitté Londres en première classe, nous gorgeant de litres de champagne. Pendant le vol, j'ai posé ma main sur ta cuisse. Tu n'as pas protesté malgré le regard étonné, légèrement dégoûté, de l'hôtesse de l'air qui remplissait nos verres. Tu semblais heureux, tu riais, tu jubilais comme jamais je ne t'avais vu le faire. À l'aéroport, notre état d'ébriété était si spectaculaire que le directeur de la galerie venu nous chercher en limousine, accompagné de sa femme, a annulé en vitesse la réception qui m'attendait. Ce n'était pas le moment de présenter au gratin new-yorkais et à la presse *le plus grand peintre britannique vivant*. C'était ainsi que le directeur de cette galerie me décrivait dans ses lettres pour me convaincre de traverser l'Atlantique. Calé au fond de la limousine, sur le point de m'endormir, je me demandais si cet Américain trop enthousiaste ou visionnaire – comment le savoir ? – n'était pas en train de changer d'opinion à mon sujet.

Le lendemain, j'étais occupé à donner des interviews avant le vernissage de l'exposition, qui débutait en soirée. Je t'ai demandé de me laisser seul, tu trouverais bien dans cette « ville qui ne dort jamais » de quoi t'occuper, surtout de quoi boire. Tu me rejoindrais à la galerie. Tu n'as rien voulu entendre. Tu m'as collé aux fesses toute la journée. Un petit chien. Au début, je te présentais comme un vague assistant. Très vite, je ne m'en donnais plus la peine. Plus tard, au vernissage, il y avait un tel monde qui m'entourait que tu te tenais à l'écart, près du comptoir improvisé où on avait déposé petits fours et verres de vin. Et moi, je me tenais à côté de ma joie mondaine, savourant du bout des lèvres le pétillement de mon succès. J'observais l'enthousiasme généré par ma peinture totalement impudique comme si j'assistais à un film tourné des années auparavant. Le commissaire de l'exposition avait réuni dans cette salle, réputée pour accueillir les artistes les plus en vue, une vingtaine de mes tableaux.

Ce soir-là, à New York, au fil des conversations, des rencontres, jouant mon rôle du *plus grand peintre britannique vivant* avec une aisance qui m'enchantait et me dégoûtait, je me suis retrouvé devant le triptyque où, pour la toute première fois, j'avais eu le courage – ou la faiblesse – de nous peindre tous les deux. Chaque toile montrait la même scène vue sous un angle différent. Deux corps nus luttaient sur un matelas. On ne savait pas où l'un commençait, où l'autre finissait. Deux lutteurs dont les baisers, plus acharnés que leurs coups, défiguraient l'amour au point que leurs têtes répandaient leur cervelle sous une ampoule jaunâtre pendouillant au bout d'un fil comme le seul soleil possible dans cet affrontement fatal. Notre première et dernière nuit. Notre fulgurance. Ton intrusion. En tournant la tête pour répondre à une jeune femme accrochée au bras d'Andy Warhol, qui m'interrogeait sur ma technique – je n'en avais pas –, je t'ai aperçu déjà ivre près du comptoir, esseulé et perdu, ne sachant comment te comporter parmi ces gens que tu jugeais trop sophistiqués pour t'en approcher. Bousculant tout le monde, je me suis frayé un chemin jusqu'à toi, je t'ai serré contre moi. Le silence, comme une onde qui se propage, a immobilisé tous ceux qui se trouvaient dans la galerie. L'étreinte de nos deux corps formait un nouveau tableau autour duquel la foule se tenait sur ses gardes, ne sachant comment le regarder.

Je percevais les appels de ton cœur contre le mien. Quand je t'ai relâché, la foule est retournée lentement à son brouhaha mondain.

Le lendemain, j'ai dépensé avec éclat des sommes scandaleuses dans les boutiques de luxe de la Cinquième Avenue pour t'acheter des costumes de marque.

Je m'amusais à effacer cette image de petit avocat ou de gratte-papier que tu croyais distinguée, celle qui, au lieu de te sortir du lot, ne faisait que t'annuler dans la masse grise des hommes qui s'habillent pour ne pas être vus. Tu n'aurais jamais accepté ce rôle de gigolo insouciant à Londres. À New York, ta passivité avait éclos comme une fleur. Je t'avais même choisi un parfum, sucré et citronné, comme si sa fragrance entêtée pouvait me servir de laisse pour ne pas te perdre de vue dans les quartiers animés de la mégapole. Je découvrais ta mollesse, ta tendresse, ta fatigue d'homme. Le petit boxeur en toi avait fléchi les genoux, s'était retrouvé au sol, et je doutais qu'il puisse se relever. Et le peintre en moi repensait à ses papes de viande, à celui de Vélasquez, à sa virilité contaminée par la somptuosité de ses vêtements sacerdotaux. Peut-être le célèbre Espagnol se plaisait-il à y voir l'entêtement du féminin – et sa vengeance – au sein de cette Église d'hommes.

C'EST DURANT LA GUERRE que mon cerveau a gravé les images les plus intenses de ma vie : survivants écrasés, paralysés, extirpés des gravats. Cadavres de chevaux aux ventres gonflés. Corps nus de mes amants, leurs blessures encore fraîches par lesquelles s'échappait leur espoir. Nuits de Londres zébrées d'éclairs dans la dévastation des bombes incendiaires. Montagnes de corps squelettiques poussés comme des déchets par des bulldozers dans d'immenses trous de terre.

Une fois la paix retrouvée, des photos et des films ont témoigné de l'impensable, l'ont mis à la portée des aveugles, des sourds, des bourreaux qui niaient avoir commis ces atrocités, n'ayant selon eux accompli que leur devoir.

Comment l'art pourrait-il oublier ces images ? Comment surtout pourrait-il demeurer de l'art s'il les utilisait ?

Devant l'horreur dont était capable tout homme, j'étais tourmenté par un désir brutal de vivre et un pessimisme suicidaire. Aucun dieu, aucune mystique,

aucune foi ne pouvait m'aider, me soulager, m'orien-
ter. L'homme se résumait à sa viande et, sans conteste,
de toutes les créatures il était la plus tragique. À mon
habitude, j'avais découpé des photos dans les journaux :
celles d'Hitler, de Goering et d'autres nazis notoires
alors qu'ils faisaient la manchette, auréolés de terreur
et de gloire. La bouche d'Hitler me fascinait : trou qui
gueulait et où la haine pure prenait sa source pour se
déverser dans des millions de jeunes cerveaux affamés.
Cette bouche, je l'ai retrouvée des années plus tard dans
mes papes hurlants, fusionnée à une autre forme d'autorité. Cette bouche, à mon insu, a gueulé longtemps
dans ma peinture. C'était l'origine de l'immonde, lieu
premier du mal. Elle contaminait la toile. Elle prenait
trop d'importance, défigurait le reste, comme si le
corps, incapable de tenir en place, n'avait pas d'autre
choix que de s'enfuir de lui-même. Cette bouche, je
n'arrivais pas à la noyer de peinture, à la bâillonner pour
de bon d'un trait gras, épais, éternel. J'étouffais, mes
corps sur la toile se vidaient. Jamais, dans ces condi-
tions, je n'aurais pu me satisfaire de peindre des formes
pures. Jamais, du même coup, je n'ai pu apprécier l'art
abstrait que je réduisais, avec une ignorance assumée,
à de la décoration. Pour moi, il n'y a toujours eu qu'une
seule chose à peindre : le corps et son cri. Et si la sain-
teté et le tragique avaient la chance de se marier, c'était
assurément au sein de la figure humaine. L'art abstrait
l'avait évincée de la toile, remplacée par des paysages

de points, de lignes, de taches, l'avait déconstruite pour signifier l'insignifiance de toute vérité humaine, voire son inexistence absolue. Il n'y avait que du vent dans cet art aseptisé. Pour peindre des crucifiés ou me hisser moi-même en haut d'une croix, je n'avais pas besoin de croire. N'importe qui pouvait se retrouver dans cette position. Et toi, le voyou, le voleur, le petit boxeur, au moment où dans ma nuit tu avais fait intrusion, j'étais enfin prêt à accepter les bassesses, les joies, les blessures nécessaires pour peindre le corps que tu m'offrais et son cri que j'aspirais à étaler à la grandeur de ma toile. L'amour avait déjà commis tous les crimes. Un défi pour moi d'en imaginer de nouveaux.

Un jeune peintre américain, figure montante de la nouvelle génération selon la rumeur qui circulait à New York, avait insisté pour me voir. Il se déclarait l'un de mes plus grands admirateurs. Intrigué, flatté, j'ai accepté de le rencontrer. À son arrivée dans le restaurant où nous avions rendez-vous, je t'ai ordonné de nous laisser seuls. Tu es sorti. Pendant que mon invité et moi échangions nos premières paroles, je te voyais faire les cent pas derrière la vitrine de ce *diner* typique, aux banquettes en faux cuir rouge, qu'on trouvait partout dans la ville. Je prenais du plaisir à observer ton corps perdre ses contours dans la lumière tremblante des néons et des phares d'autos. Tu avais l'air torturé dans la fumée de ta cigarette. Et soudain, ça m'est tombé dessus : j'ai eu envie du jeune peintre.

Alex n'était pas mon genre, loin de là. Il m'énervait avec ses questions teintées d'admiration. Il était aussi prétentieux qu'intelligent. Il avait traîné avec lui un catalogue de ses œuvres, exposées l'année précédente à Brooklyn, dans une ancienne manufacture transformée en centre d'art. Un rare exploit pour un artiste qui avait à peine vingt-cinq ans. Je n'avais eu droit à ma première exposition qu'au début de la quarantaine. J'ai feuilleté le catalogue d'un œil faussement attentif : des personnages aux coloris crus, souvent nus. Certains étaient reliés à des machines par des tuyaux qui charriaient des liquides multicolores, d'autres inséraient leur tête dans des orifices de métal qui les broyaient. Tout cela sur des fonds argentés qui me rappelaient le papier joyeux qui emballait les bonbons de mon enfance. Un univers intrigant qui ne me touchait pas. Mille fois plus intéressant toutefois que les centaines de croûtes à colorier qui engorgeaient les salles d'exposition depuis quelques années, épigones exsangues et sans talent de Picasso ou de Dalí. Parce qu'il faisait comme moi du figuratif – ce qui en Amérique était alors mal vu et ringard – ce jeune homme se flattait de croire que nous étions de la même famille. Selon lui, j'étais l'un des seuls artistes à encore peindre l'homme. La plupart avaient abdiqué, ne peignant que des idées. Je ne lui donnais pas tort, en toute sincérité. J'ai fermé son catalogue, contemplé son visage auréolé d'une barbe de quelques jours, fine couche de poils blonds qui accrochaient la lumière, donnaient au bleu de ses yeux une intensité brûlante. Ce genre de garçon, joli et brillant, ne m'avait jamais attiré. Je les fuyais. Pas cette fois-ci. On ne pouvait pas commander du champagne dans ce *diner*. Je l'ai donc invité à monter dans ma chambre, où une excellente bouteille attendait qu'on fasse sauter son bouchon.

L'hôtel n'était qu'à deux coins de rue. Une première coupe bue, je déshabillais mon invité.

Je le savais, rien ne t'avait échappé. Traînant derrière nous ta silhouette triste et nerveuse, tu nous avais suivis jusqu'à l'hôtel. Peu de temps après nous, tu étais entré dans ta chambre, voisine de la mienne. Tu avais épié nos ébats, je n'en doutais pas. J'avais même craint ou espéré que tu défonces à coups de poing le mur qui séparait les deux chambres.

Le lendemain, je me suis rendu à la galerie avant l'heure d'ouverture. J'avais insisté pour visiter l'exposition en solitaire. Habituellement, je tenais à être présent lors de l'accrochage. Des semaines avant l'événement, je proposais une mise en espace que je modifiais une fois sur place. Vu la précipitation dans laquelle l'exposition avait été montée, les dernières toiles pas encore totalement sèches lors de leur envoi, j'étais arrivé à New York sans directives et sans attentes. Le soir du vernissage, la foule dense, mouvante, bavarde, criarde, s'était emparée de tout l'espace. Je n'avais pratiquement rien vu, à l'exception du triptyque. Un vernissage constitue paradoxalement le pire moment pour apprécier l'œuvre d'un peintre.

Seul dans la galerie, planté au centre, entouré par ses quatre murs, j'ai pu enfin *voir* ce que j'avais peint pendant ces derniers mois : l'abattoir de ton corps où pendaient, accrochés, mes regards. D'un tableau à un autre, je déambulais dans ton anatomie déformée,

lacunaire, défaillante. Ça pulsait, m'avalait. Peu importait si j'avais réalisé des chefs-d'œuvre, je doutais de
pouvoir aller plus loin dans ce que permettait l'amour
ou ses avatars, générosité et cruauté comprises.

La réception critique de l'exposition a été controversée comme j'en avais l'habitude – soit j'étais un dégénéré, soit j'étais un artiste provocateur génial en avance sur son temps –, ce que je préférais aux aboiements unamimes de l'éloge. Tout a été vendu. Succès colossal. J'allais empocher un gros montant, et mon agence, dix fois plus. Pour notre dernière soirée à New York, je t'ai invité à célébrer ce succès dans ma chambre en vidant quelques bouteilles. Tu portais le superbe costume que je t'avais offert. Tu avais chaussé les étonnantes bottes en peau de serpent que tu avais choisies toi-même. Tu n'arrêtais pas de pencher la tête pour les admirer. Je t'avais préparé une surprise. Sur le lit, au centre, une boîte enjolivée par un ruban doré. Tu l'as ouverte. À l'intérieur, une paire de bas résille. Dans l'avion qui nous ramenait à Londres, en posant ma main sur ta cuisse, j'ai perçu des motifs de dentelle qui couraient sous ton pantalon. Tu avais finalement accepté de les porter.

Sans trop savoir pourquoi – je me mentais à moi-même, évidemment –, j'avais rapporté dans mes valises le catalogue d'Alex. Il a traîné dans mon atelier pendant des jours avant que je l'ouvre. J'avais peur d'aimer ce que j'allais voir. Hypocrite de ma part, puisque les œuvres d'Alex étaient imprimées dans ma mémoire, que surgissaient, derrière elles, l'aube dorée de son visage et la fragile blondeur de sa barbe naissante.

Notre nuit à New York avait ouvert une porte qui était pour moi demeurée close : celle de la tendresse. Dès qu'il avait pénétré dans ma chambre, Alex s'était métamorphosé. L'exubérance du jeune loup prêt à écraser quiconque sur son passage avait fait place au mystère d'un garçon sur le point de s'offrir. Je m'étonnais : il ne posait plus de questions, ne faisait plus de commentaires. À peine a-t-il trempé ses lèvres dans le verre que je lui avais servi. Son veston enlevé, il l'a déposé avec soin sur le dossier de la chaise sur laquelle il s'est ensuite assis. Il m'a simplement dit : « C'est la première fois. » Avais-je connu plus belle, plus touchante offrande ? La lenteur que j'ai pris à le déshabiller, au point que mes mains tremblaient, était aux antipodes des manières expéditives, souvent rudes, de mes amants et des miennes. Sa présence poreuse, ouverte, délicate me guidait : si j'allais trop vite, je risquais de casser quelque chose. J'ai desserré le nœud de sa cravate, déboutonné religieusement sa chemise, fait apparaître les poils blonds, brillants, sur sa poitrine. Je lui ai demandé de se mettre debout. J'ai ouvert la braguette de son pantalon, inséré une main bouleversée dans l'entrebâillement. En dégageant sa verge, j'ai eu l'impression de libérer un oiseau prisonnier d'un piège. Je me suis penché sur son visage, j'ai effleuré de mes lèvres le duvet soyeux au-dessus des siennes. Au moment où nous nous embrassions, où nos langues s'interrogeaient, se répondaient, l'oiseau dans ma main a pris son envol.

Voir un oiseau là où il y avait un sexe d'homme ne me ressemblait pas du tout.

Après nos ébats, Alex parti en coup de vent comme si le monde entier l'attendait, j'ai cru que notre rencontre n'avait été qu'une simple baise à enterrer au plus vite.

De retour à Londres, la tendresse qui avait imprégné cette nuit me hantait, s'invitait dans mes pensées, réapparaissait dans mes gestes. Me revenaient l'odeur de sa peau, le bleu de son regard. J'en souffrais, je ne comprenais plus pourquoi, en débarquant de l'avion, j'avais accepté que tu déposes tes valises chez moi, ni pourquoi, dès le lendemain, j'avais commencé ce tableau où, nu, tu prenais la pose sur le tabouret, tes jambes musclées enserrées dans ces bas résille achetés au départ pour moi – j'aimais encore en porter à cette époque de ma vie, surtout lors des longs entretiens que j'accordais à des magazines : ce petit secret vestimentaire m'empêchait de me prendre trop au sérieux – et que je t'avais plutôt offerts par défi. Je voulais voir jusqu'où tu étais prêt à t'abaisser pour me faire plaisir. Mes attentes n'ont pas été déçues. Tu les as même dépassées. Les longs bas noirs, nettement trop étroits pour toi, étaient déjà filés, fendus à plusieurs endroits où la peau velue de tes jambes émergeait comme une matière idiote. Tu écartais les cuisses, dévoilais ton sexe en érection. C'était trop. J'avais honte de ma cruauté, j'avais pitié de toi. Et j'exécrais la pitié, elle amplifiait ma cruauté. Tu devais t'éloigner de moi.

À l'époque, tu vivotais dans des chambres pauvrement meublées dont tu te faisais expulser sans ménagement. Je n'ai pas lésiné. Après tout, tu m'avais rapporté une fortune. C'était toi, pas moi, qui souffrais dans mes toiles. Je t'ai acheté un appartement dans le sud de la ville, presque la banlieue. Pas question que tu sois proche de mon quartier. Je n'avais pas envie de tomber sur toi chaque fois que j'entrais dans un bar. Pour la première fois de ton existence, quelque chose t'appartiendrait. Ce ne serait pas luxueux, mais ce serait confortable. Un départ solide pour que tu prennes ta vie en main. Je te garantissais un montant mensuel en attendant que tu te débrouilles, peu m'importait que tu le fasses en braquant une banque ou en déchargeant des conteneurs sur les docks. C'était ton affaire.

La mienne, c'était de retrouver Alex.

Deux ans plus tôt, le directeur de la Tate Gallery m'avait commisionné pour sélectionner des œuvres en vue d'une exposition sur les jeunes peintres contemporains. Disons que je lui avais soufflé l'idée lors d'un repas bien arrosé, lui reprochant de ne s'intéresser qu'à des morts-vivants. J'avais proposé de nommer cette exposition *Nouvelle Génération*. La sélection était déjà complétée, et l'événement, annoncé avec sa programmation. J'ai donc dû utiliser toute ma notoriété et mon pouvoir de séduction pour imposer *in extremis* Alex et ses tableaux de corps maternés ou assassinés par des machines.

Ravi de voir ses toiles exposées dans l'enceinte d'une aussi prestigieuse institution que la Tate Gallery, le jeune New-Yorkais a traversé l'Atlantique pour la première fois de sa vie. Il a aussitôt atterri dans mon lit. Il a vite compris que je ne pouvais plus me passer de lui.

L'EXPOSITION *NOUVELLE GÉNÉRATION* a suscité beaucoup d'attention. Les trois tableaux d'Alex ont reçu dans la presse britannique des commentaires polis mais peu enthousiastes, son approche réduite à une expérimentation prometteuse, formule creuse accolée à n'importe quelle œuvre jugée sans intérêt. Rien de comparable avec les éloges festifs qu'il recueillait chez lui. Je n'en étais pas surpris, l'ayant plus ou moins prévu. Ses tableaux puisaient dans l'univers de la bande dessinée avec trop d'évidence. Ça manquait de gris pour le goût britannique. Ou de brouillard. J'avais espéré sans trop y croire qu'on tiendrait compte de son jeune âge et de l'accueil positif que ses tableaux avaient suscité en Amérique.

Alex en a été durement affecté. Prostré, il refusait de sortir. Il me faisait penser à un enfant boudeur, ce qui me charmait. Je me découvrais des élans de tendresse et de patience insoupçonnés. Je lui préparais des repas, surtout des plats en sauce, pour lesquels j'étais doué. Sinon, je ramenais à l'appartement des hamburgers, des fish and chips dont il raffolait, des grands crus, du chocolat noir, des caisses de champagne. Je passais des heures au lit avec lui. Je lui lisais des poèmes de mes auteurs préférés : Yeats, Eliot, Shakespeare. Je le rassurais sur son talent, me donnais en exemple : j'avais dû attendre ma quarantaine avant de voir mon premier tableau accroché dans une galerie.

Pour le sortir de sa torpeur qui commençait à m'inquiéter, je lui ai proposé un séjour à Venise, que je désirais connaître depuis longtemps. L'idée lui a plu. Je n'ai pas ménagé mes efforts et mes effets : nous avons dormi dans des palais somptueux, écouté le charabia des guides nous pointant du doigt ce qu'il fallait voir, mangé et bu comme des rois, joué aux touristes de façon exemplaire. J'étais rassuré, Alex s'extasiait sur le clapotement des canaux, sur les ombres dansantes qui rendaient fantomatiques les façades. Il retrouvait son dynamisme, relativisait son « échec » – il s'était mis en tête que ces quelques lignes parues dans la presse avaient sonné la fin de sa carrière –, le percevant à présent comme un événement sans importance devant l'éblouissant destin qui l'attendait. Nous nous enfoncions sans honte dans tous les clichés disponibles sur place, calculant notre bonheur au nombre de sites visités, sillonnant la ville en gondole ou nous prenant en photo sur la place Saint-Marc, nos corps auréolés de pigeons voraces.

La présence d'Alex à mes côtés modifiait mon comportement habituel. Je ressemblais subitement à un homme de mon âge – je m'étais toujours flatté de paraître plus jeune – traversé par des sursauts de sentimentalisme. Comme si j'acceptais avec gratitude d'avoir pris un coup de vieux.

Avec Alex, j'explorais la subtilité des cajoleries. Il prenait plaisir à mes caresses, à mes baisers, mais refusait que je le pénètre. À New York, il avait mis les points sur les i. Loin de m'en offusquer, j'interprétais ce refus entêté comme un gage de pureté. Je dormais avec un garçon fragile dont le corps recelait un vase inestimable qui, à la moindre secousse, se fracasserait.

À notre retour à Londres, je l'ai traîné dans tous les musées. J'avais tendance à commenter chaque œuvre comme si je faisais son éducation, oubliant qu'à son âge, j'en savais beaucoup moins que lui sur les courants esthétiques des siècles passés. J'étais heureux de me montrer avec lui. J'espérais que les gens qui nous voyaient marcher côte à côte sur un trottoir se feraient, avec une pointe d'envie, cette réflexion : voilà un père et son fils qui se réjouissent visiblement d'être ensemble. On ne peut imaginer plus solide entente, plus éclatante pureté entre deux êtres. L'amour du père rayonne, enveloppe la témérité du fils d'une force douce et protectrice. Et le fils, accompagé, protégé, décuple la joie du père d'avoir donné la vie à un être beau, droit, sain. Comme j'aimerais être l'un d'eux !

Je délirais, bien sûr. Personne ne se parle de cette façon. Et personne, en nous croisant Alex et moi, ne penserait pareille chose. Cependant, plus les jours passaient, plus je ressentais de la « paternité » envers Alex, ce qui ne diminuait pas pour autant le désir que j'avais de sa bouche, de son accent, de la blancheur américaine de ses dents, de la douceur de sa peau, de l'odeur de son sperme.

Alex n'était pas amoureux de moi, mais de nous. Il était fier de partager le lit d'une célébrité, rayonnait d'entrer dans un bar à mes côtés. Il se comportait comme moi quand, à son âge, j'avais fait le grand saut et accepté de « vivre » avec Harris. J'étais aux anges qu'un homme riche, bien installé dans la société, mari et père aimant, consacre son temps, son argent à mon bien-être, à ma joie, à mon avenir. Harris était téméraire, audacieux, amoureux. Sa double vie aurait pu tout lui faire perdre : réputation, famille, argent. Pour aider ma carrière à démarrer, il prenait constamment des risques en me présentant à des gens bien placés dans le milieu des arts qui, par vengeance ou par jalousie, auraient eu tout le loisir de dénoncer son « immoralité », ce qui heureusement ne s'était jamais produit. Un jour, il avait poussé l'audace jusqu'à se rendre à la garçonnière, où il m'avait installé, accompagné de son fils de cinq ans. Comment lui avait-il expliqué ma présence dans cet appartement secret, ça, je ne l'ai jamais su. Il m'associait à la liberté, au risque qu'il fallait prendre pour sauvegarder ce parfum d'aventure qui donnait à nos ébats leur éclat.

Notre différence d'âge avait constitué notre meilleur atout sexuel.

Ma relation avec Alex était toutefois différente. Au contraire d'Harris, je n'avais pas d'enfants, pas de famille envers qui j'avais des responsabilités, pas de secret à protéger. Je ne percevais plus mon homosexualité, alors mieux tolérée, comme une tare, une dette que je devais rembourser à la société. Au lieu de cacher ma relation avec Alex, je la proclamais, je l'établissais, je la rendais nécessaire. J'avais mérité, en toute humilité, que le bonheur puisse exister aussi pour moi. Et c'était une entreprise d'envergure que de le faire durer. Depuis que je me réveillais chaque matin près du corps chaud d'Alex, l'avenir prenait plus d'importance que le présent. J'étais convaincu d'avoir trouvé le partenaire de ma vie, celui qui m'accompagnerait jusqu'au bout du chemin, situation que je n'aurais jamais envisagée ou souhaitée auparavant, trouvant asphyxiant et débilitant d'imaginer vivre mes vieux jours avec qui que ce soit. Je ne révélais rien de tout cela à Alex, de peur que l'amour insensé que je lui portais ne l'effraie.

Je me surprenais à faire des plans : je lui lèguerais tout. Après ma mort, il serait le seul habilité à gérer mon œuvre. Il était mon amant, le fils que je ne pouvais avoir autrement, il serait mon héritier. J'aurais été jusqu'à l'adopter. Mais Alex n'était pas orphelin, même si, d'après ce que j'ai pu comprendre, il s'était éloigné des membres de sa famille, commerçants prospères de Boston et catholiques fervents. Il avait coupé les ponts avec eux en fuyant à New York. Rien d'étonnant à cela, vu ces deux tares qui discréditent pour un père et une mère leur enfant : peintre et pédé. J'avais vécu le même ostracisme, la même fuite.

JE CRAIGNAIS QU'ALEX REPARTE à New York. Après quelques mois, la nonchalance de notre train de vie lui pesait. Il désirait surtout retourner à ses tableaux. Je lui ai proposé de nous installer à Tanger, où il pourrait peindre à sa guise. Dans mon atelier, c'était impossible. Alex, le jour où il y avait mis les pieds, avait été estomaqué. Il ne comprenait pas comment je pouvais travailler dans un lieu chaotique, encombré de toiles retournées, de chiffons maculés, de tubes de peinture inutilisables, où s'affrontaient des odeurs de térébenthine et de vieux restes de repas. Le toit de verre poussiéreux jetait sur l'ensemble une lumière amorphe, grisâtre. Alex s'était regardé dans le miroir fêlé, seul objet qui réussissait à surnager dans ce fouillis. Son reflet lui avait fait peur.

À Tanger, j'avais loué une maison vaste, lumineuse, éloignée du centre. Elle surplombait une colline d'où on apercevait la baie qui s'ouvrait sur le détroit de Gibraltar. La maison, d'une blancheur immaculée, avait appartenu à un sculpteur italien dont la mort inusitée avait fait les manchettes l'année précédente. Il avait été retrouvé écrasé sous sa propre sculpture, espèce de gros menhir inversé sur lequel il avait gravé des figures hiéroglyphiques. L'instable pièce de granit avait finalement assassiné son créateur, qui avait voulu défier les lois de la gravité. L'œuvre inachevée, à présent fixée sur une base solide, avait été déplacée dans le jardin qui longeait la partie arrière de l'habitation. À la tombée du jour, Alex et moi aimions aller la contempler dans son mystère, amplifié par la rumeur de la ville qui montait, se mariait au concert d'oiseaux et d'insectes. Parfois, une corne de brume lançait sa plainte lointaine, guidant l'approche d'un navire dans le port de Tanger.

Dès qu'il avait mis le pied sur le sol marocain, Alex avait eu le coup de foudre. Il aimait tout de Tanger : ses bazars, ses étals d'épices, ses enfilades de ruelles, ses bars à chicha, ses maisons peintes à la chaux, la médina où il aimait s'étourdir et se fondre dans la foule, le brouhaha incessant des palabres, la démarche fluide des hommes, qu'il reluquait du coin de l'œil. À mes yeux, la ville avait passablement changé. Elle était moins dévergondée qu'à l'époque où je faisais la fermeture de ses bars crasseux et où, à chaque coin de rue, je pouvais me payer un type qui, pour un peu d'argent, proposait ses charmes. Le statut de zone internationale de Tanger avait autorisé des délinquances, multiplié des failles où circulaient alcool et drogue, où s'engouffraient des âmes perdues, amateurs de perversité, de bonheur radical, parfois funeste. Après des scandales répétés, suivis d'enquêtes s'efforçant d'être plus sérieuses, la ville avait retrouvé un minimum de dignité, mais un vent de liberté y régnait encore. Un enchantement des corps qu'on ne pouvait pas retrouver en Europe ni en Amérique. Alex l'avait tout de suite ressenti. Resplendissant de légèreté, il se levait tôt pour respirer cet *enchantement* afin de l'emprisonner dans ses toiles. Vers midi, après une légère collation, il s'installait avec ses pinceaux dans le grand salon dont les fenêtres s'ouvraient sur la baie. Je m'étais débrouillé pour lui trouver tout le matériel nécessaire. Pour lui rendre la vie plus facile, j'avais engagé un Marocain qui, dès le premier jour de notre arrivée, nous avait proposé ses services. Anouar, un homme d'une cinquantaine d'années au corps mince et long, avait travaillé pour le sculpteur italien. C'était lui qui avait découvert le corps aplati du pauvre homme. Alex était ravi : Anouar lui préparait son café, lui coupait ses fruits en dés comme il les aimait, lui dénichait ses céréales préférées, nettoyait ses pinceaux, lavait ses vêtements, le guidait dans la ville pour explorer un nouveau quartier.

J'étais prêt à tout pour qu'Alex se sente comblé et ne songe plus à retourner à New York. Comme il ne supportait pas ma présence quand il se mettait au travail – je le comprenais parfaitement –, je lui laissais souvent la maison. Je n'avais pas mentionné à mon agence où je me trouvais, ni fait suivre mon courrier. De toute façon, je n'avais aucune intention de peindre à Tanger. Je ne ressentais aucune jalousie à ce qu'Alex soit considéré comme l'artiste du couple. Soulagé de m'effacer, j'errais dans la ville, accostais dans un bistrot, éternisais un mauvais alcool sous les grandes pales d'un ventilateur qui chassait de mon esprit les mouches de ma pensée. J'attendais paisiblement que le temps passe avant de retourner à la *maison du menhir*. Ma vie n'avait jamais été aussi exempte d'angoisse. Je n'étais visité par aucun autre désir que celui de retrouver Alex vers la fin de l'après-midi, de boire un verre avec lui en contemplant le coucher du soleil.

Les toiles d'Alex se succédaient à un tel rythme qu'il devenait difficile de trouver le matériel nécessaire à sa frénésie. Nous étions parfois obligés de louer une voiture pour nous rendre à Fez. Désorientés, nous tournions en rond dans la médina pendant des heures avant de dénicher les derniers tubes de peinture disponibles. *L'enchantement* de Tanger, sa vibration d'odeurs et de couleurs, sa foule mouvante, ses rues inondées de soleil, son ouverture sur la mer, se ressentaient dans le travail d'Alex. Ses toiles prenaient de l'assurance, gagnaient en mouvement. Il me semblait qu'Alex avait trouvé la lumière idéale pour peindre ce qui bouillonnait en lui. Une lumière généreuse qui irriguait son imaginaire. Tout à l'opposé de moi qui, malgré mes tentatives répétées, n'avais pas réussi à peindre au Maroc un seul tableau que je jugeais acceptable. Pour peindre, j'avais besoin d'une lumière plus sale, plus lourde, qui étouffait les objets qu'elle éclairait au lieu d'en libérer les couleurs. Je n'étais pas Gauguin, je me passais d'exotisme. Le capharnaüm de mon atelier était depuis des années le seul endroit où je pouvais peindre.

VINGT ANS PLUS TÔT, lors de mon précédent séjour à Tanger, j'avais été plongé dans une tourmente totale, aux antipodes de ce que je vivais alors avec Alex. J'y étais venu pour retrouver Paul, un pilote de chasse rencontré à Londres. Il avait descendu un nombre impressionnant d'avions allemands. Un héros de la guerre d'Angleterre dûment décoré. J'étais tombé sous son charme – plutôt sous son emprise – et je l'aurais suivi n'importe où.

La première fois que je l'ai aperçu, il chantait à tue-tête une chanson grivoise, attablé avec un groupe de soldats passablement éméchés dans un bar de Soho. Je ne voyais que lui, attiré par son corps tout en nerfs. Sa beauté m'était douloureuse. Il avait roulé les manches de sa chemise d'aviateur, et j'étais obnubilé par la petite bosse de ses biceps qui apparaissait et disparaissait. Il savait que je l'observais. Il est venu à ma table, m'a regardé droit dans les yeux. Il savait aussi ce que je voulais. Il a quitté le bar sans dire au revoir à ses compagnons. Je suis sorti peu de temps après lui.

Il m'attendait.

Il m'a entraîné près d'un entrepôt désaffecté. Nous n'avions encore échangé aucun mot. Il fumait, marchait plus vite que moi, je faisais exprès d'avaler comme je le pouvais le souffle de son haleine transporté par la fumée de sa cigarette. Mes battements de cœur accompagnaient les soubresauts de mon érection. Dans un coin obscur qui sentait la gazoline, il m'a pris avec une telle violence que je n'ai pu retenir mes cris. Il m'a frappé pour me faire taire. Son silence était aussi rude que ses coups. Nous nous sommes revus, perdus de vue, puis revus.

Paul a été le premier homme que j'ai aimé. Je comprenais pour la première fois ce que signifiait dans toute son horreur l'expression *avoir quelqu'un dans la peau*. La guerre terminée, j'ai reçu un télégramme : je lui manquais atrocement, je devais le retrouver le plus vite possible. Il était à Tanger, dont je lui avais vanté les charmes sulfureux à plusieurs reprises. Je ne savais trop comment il avait abouti là-bas. Je n'avais pas eu de ses nouvelles depuis des mois. Ma carrière débutait modestement. Harris m'aidait financièrement même si nous avions décidé d'un commun accord de nous laisser. Notre liaison était devenue gênante, découverte par sa femme. Je venais d'emménager dans un petit appartement. Au risque de tout perdre, de devoir recommencer à zéro, j'ai quitté Londres pour le rejoindre.

À Tanger, pour vivre, Paul enchaînait dans un bar clandestin des airs de jazz, façon swing, qu'il massacrait selon son humeur. Il avait bâclé des études musicales dans sa jeunesse et, vu la clientèle qui s'agglutinait dans ce lieu sordide, ses talents passaient la rampe au fur et à mesure que la soirée avançait. Aussitôt qu'il avait empoché quelques billets, il les dépensait en alcool et en drogue. Je suis allé vivre dans la maison qu'il partageait avec deux autres exilés, un Américain et un Français, qui s'affalaient, aussitôt réveillés, devant leur pipe à eau. Des petits magouilleurs. Paul me prenait devant eux, ça l'excitait. Il aimait montrer qu'il me tenait sous sa coupe. Parfois, il me donnait à l'Américain, baraqué et obéissant comme un chien battu. Paul me jurait qu'il ne pouvait plus vivre sans moi. J'ai pris goût à sa violence de plus en plus affolante. Il m'attachait, me fouettait, lacérait à grands coups de couteau les quelques toiles que j'avais réussi à peindre, me jetait à la rue, me hurlait dessus, m'ordonnait de ne jamais revenir. Je revenais, après avoir passé une nuit sur la plage à grelotter. Il me demandait pardon en pleurant dans mes bras comme un enfant. Le pilote de chasse qui m'avait ébloui par sa beauté tranchante n'était plus qu'une loque qui cherchait à se détruire. Le piano qu'il quittait aux petites heures du matin lui ressemblait : déglingué, encombré de verres et de bouteilles, couvert de brûlures de cigarettes. Paul était miné par un désespoir dont je ne connaissais pas la cause. La connaissait-il lui-même ? Il me trompait avec n'importe qui. Je n'étais pas en reste. Nouvellement arrivé à

Tanger, j'étais accueilli comme de la chair fraîche dans les bars de pédés. Mais je préférais les inconnus rencontrés dans les ruelles sombres, potentiellement dangereuses, celles que j'avais parcourues dans ma vingtaine, l'âme en peine, alors que je doutais de réussir à faire quelque chose de ma vie.

Après six mois à vivre cet enfer, j'ai trouvé la force de m'enfuir. Paul était devenu hystérique. Comme nous n'avions plus d'argent, il s'était mis dans la tête de me louer comme esclave au plus offrant. J'ai cru qu'il blaguait, mais il m'en parlait sérieusement. Il connaissait des réseaux, mentionnait des tarifs au jour, à la semaine, au mois. Pour Paul, ça ne changerait rien à notre amour – au contraire, ça le renforcerait. J'étais tellement fasciné par lui – « façonné » serait plus près de la vérité – que j'avais peur d'accepter si je demeurais plus longtemps à Tanger. J'avais perdu toute forme d'amour-propre, ma volonté s'écoulait comme du sable dans un sablier, bientôt il n'en resterait plus un seul grain. En plein désarroi, j'ai contacté Harris, qui m'a rapidement procuré un billet d'avion pour Londres. Je n'ai jamais revu Paul. Il est mort deux ans plus tard, le foie éclaté. Pas étonnant pour un homme qui s'envoyait deux bouteilles de whisky par jour.

MALGRÉ MES SUPPLICATIONS, Alex planifiait de rentrer aux États-Unis dès notre retour à Londres. Il tenait à régler certaines affaires. Il me jurait qu'il serait absent à peine une semaine. J'avais beau me raisonner, mon inquiétude persistait : s'il ne revenait pas ? À New York, il partageait un appartement dans Greenwich Village avec un ami qui terminait son droit. Les deux garçons se fréquentaient depuis leurs études collégiales, époque où ils habitaient le même quartier de Boston. Depuis le départ d'Alex, ils s'écrivaient régulièrement. J'étais bêtement jaloux de cette correspondance. Alex m'assurait que je me faisais des histoires, Malcolm – l'ami en question – aimait les femmes. Je le croyais, puis, dès qu'une nouvelle lettre arrivait, je retombais dans le doute. Il m'avait montré une photo de Malcolm, un garçon splendide, ce qui m'avait totalement abattu. J'avais aussi le sentiment qu'Alex me cachait quelque chose. Depuis quelque temps, il se montrait plus affectueux, ce qui m'enchantait, me troublait tout autant. Notre séjour à Tanger tirait à sa fin, je cherchais un moyen de consolider notre relation, une forme de mariage qui éloignerait tout danger venant du passé, autant de celui d'Alex que du mien. Attablé au Café de Paris, fréquenté par de nombreux étrangers, alors que je laissais traîner mon regard sur les vieilles lithos poussiéreuses accrochées au mur, une idée s'est fait un chemin dans mon esprit : proposer à Alex une exposition commune dans la galerie la plus courue de Londres. Ses tableaux et les miens réunis dans le même espace : un événement unique dans le monde de l'art contemporain.

La consécration pour Alex. De ma part, la plus forte preuve d'amour.

J'étais si emballé par cette idée que, ne terminant pas mon verre, j'ai sauté dans un taxi pour la partager au plus vite avec Alex. J'avais hâte de voir ses yeux bleus se remplir de joie. Il protesterait, trouverait ce projet insensé, disproportionné : lui, pratiquement un inconnu, associé, marié, fusionné à l'un des peintres les plus célébrés après Picasso, Giacometti, Balthus. Il émettrait des réserves, il exprimerait ses craintes : ses œuvres comparées aux miennes, trop risqué.

Dans le taxi, j'imaginais la scène, je me voyais le rassurer, lui parler de l'originalité indéniable de ses nouvelles toiles. Il protesterait de nouveau, mais avec moins de conviction, puis hésiterait jusqu'à trouver l'idée de plus en plus envisageable.

En sortant du taxi, j'étais certain qu'il accepterait.

J'ai gravi d'un seul souffle l'escalier de pierre qui menait à la maison. Revenant plus tôt que prévu, je m'attendais à ce qu'Alex soit encore en train de peindre dans la grande pièce. Il ne s'y trouvait pas. Il avait esquissé une nouvelle toile – ses pinceaux n'étaient pas rangés. Je l'ai appelé, en vain. J'ai fait le tour des autres pièces, puis je suis sorti par l'arrière de la maison pour me rendre au jardin. J'ai fait quelques pas dans l'allée de gravier blanc, bordée de bougainvilliers, avant d'apercevoir au loin Anouar. Il se tenait penché, une main appuyée sur le fameux *menhir assassin*, l'autre tenant un pan de sa djellabah, qu'il avait relevé. En m'approchant, j'ai vu Alex, à quatre pattes, le cul offert, recevant les coups de boutoir d'Anouar, sa tête blonde se cognant contre la grosse pierre du sculpteur italien.

Six mois après ma rupture avec Alex, on m'a découvert une tumeur cancéreuse sur le rein droit. J'ai retardé comme j'ai pu l'intervention chirurgicale qui empêcherait la maladie de se propager, du moins avec de la chance. J'étais convaincu que j'allais mourir sur la table d'opération. La trahison d'Alex m'avait anéanti. Je buvais, n'arrivais pas à travailler, prenais des somnifères pour m'assommer. Alex m'avait avoué avec une franchise désinvolte qu'il se donnait à Anouar depuis des semaines. Pour lui, ça ne changeait rien à notre relation. Il m'avait caché quelque chose, il s'en excusait, c'était le mieux qu'il pouvait faire. Devant son attitude odieuse, j'ai réagi comme mon père l'avait fait avec moi : je l'ai chassé de ma vie, dégoûté par ce que j'avais vu, révolté par son absence de repentir. J'oubliais que je m'étais comporté avec encore plus de perversité. J'oubliais qu'à son âge, dans les mêmes circonstances, j'aurais agi comme lui. Difficile pour un jeune homme de résister au charme d'un homme mature comme Anouar. Et pouvais-je juger Alex quand je regardais dans le miroir le corps bouffi du soixantenaire que j'allais bientôt devenir ? Il ne m'avait jamais aimé – je l'avais bien sûr toujours su, je recherchais dans notre relation une chose plus subtile, au-delà de la fatigue de l'amour, une chose que je n'arrivais pas à saisir et qui, au bout du compte, n'existait pas – et à présent, je doutais qu'il ait apprécié mes caresses, mes baisers. À New York, il m'avait menti : il n'était plus vierge depuis longtemps.

Il était retourné vivre avec Malcolm, son ami supposément hétérosexuel. Et moi, je sombrais à l'idée que je n'étais pas mieux que mon père. Mon cancer me le prouvait de façon irréfutable. Ma vie allait se terminer en désastre.

Je me suis réveillé avec un rein en moins. L'opération s'était bien déroulée. Selon mon médecin, les chances que le cancer ne revienne pas étaient plus que favorables. Ma cicatrice, d'un rouge vif, brûlait comme du feu. Elle s'est mise à secréter du pus. J'ai dû retourner à l'hôpital pour quelques jours. Je suis revenu à la maison faible, découragé. Puis, à mon étonnement, l'état d'accablement qui m'immobilisait depuis que je ne vivais plus avec Alex a commencé à diminuer. Je ne traînais plus un poids de regrets et de lamentations dès que je sortais du lit. Je revenais à l'homme que j'avais été, troublé de l'avoir oublié. Ma fascination maladive pour Alex perdait de sa virulence. Mon « amour », puisqu'il me fallait bien condenser dans un mot le sentiment tenace qu'Alex avait éveillé en moi, on me l'avait amputé en même temps que mon rein. Il pourrissait quelque part dans les poubelles d'un hôpital. J'en étais arrivé à la conclusion que j'avais vécu une névrose, une perte d'identité, totalement piégé par une illusion. Comment avais-je pensé proposer à Alex ce projet d'exposition commune ? Sa réalisation aurait abouti à une catastrophe. Autant pour lui que pour moi. Je m'en rendais compte à présent : les toiles qu'il avait peintes à Tanger étaient médiocres, banalement exotiques, exhibant des figures sans intérêt pour l'œil et pour le cœur.

Alex avait été la pire erreur de ma vie : depuis ma rencontre avec lui, je n'avais pas terminé une seule toile. J'étais vide.

L'UN DE MES TABLEAUX – un des nombreux papes peints d'après Vélasquez, pas plus génial que les autres, à mon avis – avait atteint un tel sommet lors d'une vente chez Sotheby's, se rappochant du prix qu'obtenait un très bon Picasso, qu'une équipe de la BBC a débarqué dans mon atelier pour un reportage. Pour les médias, j'étais suffisamment coté pour passer à la télévision. Un technicien a disposé trois projecteurs sur trépied pour m'éclairer. Je me tenais assis sur le tabouret taché de peinture, faisant face au journaliste qui m'interrogeait, encore sous le choc de constater que je travaillais dans un endroit aussi poussiéreux et encombré. Je n'ai gardé aucun souvenir de ses questions et de mes réponses. Ne m'est resté de cet événement qu'un regard : le mien quand, me tournant brièvement de profil, je t'ai aperçu, assis sur le même tabouret d'où je te regardais, les jambes écartées, emprisonnées dans ces bas résille que je t'avais offerts à New York. Un projecteur frappait de sa lumière indiscrète le dernier portrait que j'avais fait de toi, demeuré inachevé parce que j'avais refusé de le terminer. Il traînait depuis dans un coin, appuyé contre une pile d'autres inachevés qui attendaient que je trouve la force de les détruire. Contraint de revenir aux questions pressantes du journaliste, le temps d'un éclair, j'ai *vu* mon erreur : ton corps avait encore quelque chose à offrir au peintre que je n'arrivais plus à être. Je n'avais pas à avoir peur du mal que je pourrais encore te faire.

L'équipe de la BBC partie avec son attirail, j'ai éclaté en sanglots devant ton portrait, moi qui avais retenu mes larmes devant la tricherie d'Alex, moi qui les avais ravalées à l'annonce de mon cancer.

Ce tableau, j'allais le terminer. Je rattraperais le temps perdu avec Alex.

Il a fallu que j'attende ta sortie de prison.

Je m'étais rendu chez toi, un appartement situé au deuxième étage d'un immeuble récemment rénové, perdu dans un quartier plutôt industriel. Avec l'aide d'une agence, je l'avais acheté en quelques heures. Après t'avoir remis l'acte de propriété et les clés, je n'y étais jamais retourné.

Devant ta porte, je me suis présenté avec une bouteille de whisky. Une femme m'a ouvert. Je l'ai reconnue grâce à son accent. Elle avait coupé ses longs cheveux noirs, portait des lunettes. Gabriela habitait chez toi. Peut-être depuis ton emprisonnement, je ne l'ai pas questionnée là-dessus. Elle s'était trouvé du travail comme couturière pour un fabricant de vêtements de sport dont l'atelier principal se trouvait à trois rues de l'appartement. Avant même d'avoir ouvert la bouteille de whisky, je savais tout de ta descente aux enfers. Gabriela ne m'avait épargné aucun détail. De la cocaïne, tu étais passé à des drogues plus dures. Ne recevant plus d'argent de ma part, tu t'étais embarqué dans une série de petits vols crapuleux qui avaient vite mal tourné. Gabriela craignait qu'il t'arrive quelque chose à ta sortie de prison, prévue dans quelques semaines. Tu t'étais fait beaucoup d'ennemis à qui tu devais de grosses sommes. Gabriela croyait que l'appartement était surveillé. Peut-être l'imaginait-elle. Elle m'avait supplié de t'aider.

Le jour de ta sortie de prison, je comptais les minutes dans un taxi. Il pleuvait des cordes. Depuis la veille, la température avait chuté de plusieurs degrés. L'été tirait sa révérence abruptement. J'ai été soulagé de constater qu'on t'avait libéré à l'heure prévue. Je t'ai fait signe. Pendant un long moment, tu as hésité, comme si tu ne me reconnaissais pas. Tu portais une simple veste légère. Tu es finalement monté dans l'auto, complètement trempé. J'ai indiqué au chauffeur mon adresse. Pendant le trajet, nous n'avons échangé aucun mot. Tendu, tu respirais de façon saccadée. Tu grelottais. Tu t'es allumé une cigarette. L'ayant à peine fumée, tu l'as projetée d'une pichenette par la vitre ouverte. J'ai posé ma main sur ta cuisse. Notre silence s'est fait moins lourd. Je t'ai alors remis la petite boîte que j'avais préparée pour toi. Elle était décorée d'un ruban doré, que tu as enlevé en sachant déjà, je n'en doutais pas, ce qu'il y avait à l'intérieur. La boîte ouverte, tu t'es tourné vers moi.

J'AI INFORMÉ GABRIELA que tu habiterais chez moi pendant un temps. Elle n'avait plus à s'inquiéter, j'avais tout réglé, ayant remboursé tes dettes.

Tu as repris ta place sur le tabouret, j'ai repris mes pinceaux. Tu as enfilé les bas, ceux offerts dans le taxi. Tu as écarté les jambes comme tu l'avais fait deux ans plus tôt. Cette fois, ta nudité perdait sa signification sexuelle au profit d'une visibilité nouvelle, au-delà du masculin et du féminin. Tout élément de caricature avait disparu.

Les bas avaient cessé d'être une parure, ils s'incrustaient dans ta chair comme une morsure. Tu fumais avec des gestes ralentis. Tu me racontais sur un ton déphasé – comme si tu voulais purger toute trace d'émotion de ton récit – ton sevrage forcé en prison. Là-bas, tu te tenais en boule sur le plancher sale de ta cellule, le corps parcouru de frissons. Tu te levais seulement pour aller vomir. La moindre parcelle de ton corps te faisait hurler de douleur. Les premiers jours de ton incarcération t'ont semblé une éternité. On a fini par te donner quelque chose qui diminuait les symptômes du sevrage sans pour autant te débarrasser de ton problème de dépendance. J'observais le dessin de tes veines gonflées, irritées, plus visibles que d'habitude sur tes bras. Tu reposais sur le tabouret comme un contenant déversant dans l'espace son contenu. Ton corps assumait, sans aucune défense, les regards de peintre que je portais sur toi, les fusionnant tous en une sensation unique. Je touchais de mes yeux la chose en toi qui ne cessait de donner naissance à une autre encore plus pleine d'elle-même, débordante, vivace, nourrissant l'espace, pesante de rouge, inaliénable. Je te regardais, les yeux aussi intoxiqués que ton sang, en captant la brutalité jaillissante de ta présence dans l'atelier. Une fois terminé, ce tableau serait perçu comme de l'horreur, car peu de gens, en le regardant, auraient le courage d'ouvrir aussi les yeux sur celle de leur propre existence.

Peindre cette toile m'a fait physiquement mal. La cicatrice sur le côté de ma hanche droite est sortie de son sommeil. Elle irradiait comme si l'ablation de mon rein se reproduisait à chaque coup de pinceau. Loin de me freiner, la douleur m'encourageait, me guidait, m'indiquait où regarder, où agir. Pas étonnant que, le tableau terminé, une large plaie se soit ouverte dans le bas de la toile comme si elle-même souffrait, se déchirait. J'apprenais à peindre avec tout ce que j'étais, avec tout ce que je n'étais plus. Emporté par un élan de création proche de l'extase, je travaillais jour et nuit.

Je buvais pour tenir le coup. J'enchaînais les tableaux comme si c'était une question de vie ou de mort. Je peignais sans aucune distance, emporté, aveuglé par mes gestes, ouvert comme une hémorragie. Il m'arrivait de m'endormir debout devant la toile, comme un cheval, les yeux ouverts mais tout le reste du corps plongé dans le sommeil. J'avais la certitude que j'étais en train de peindre mes œuvres les plus inattaquables. Des chefs-d'œuvre qui traverseraient le temps, iraient rejoindre ceux de Van Gogh et de Cimabue.

Éveillé ou endormi, sous l'effet de l'héroïne ou en manque, ton corps me galvanisait. Je le représentais couché sur des tables longues et étroites où il gisait plus qu'il ne vivait malgré les contorsions qui l'animaient, le défiguraient. Impossible d'y déceler la différence entre souffrance et jouissance. Je cherchais à emprisonner sur la toile la fuite du temps dans la chair, qu'elle épaississait au point de l'immobiliser. Je ne prenais plus la peine de créer un « décor » pour donner l'illusion d'un lieu. J'utilisais des fonds unis traversés de quelques lignes, ce qui était suffisant pour esquisser un mur sur un plancher. L'essentiel, c'était que la sensation du tableau monte directement au cerveau sans passer par un jugement moral, une histoire, une anecdote, un souvenir, une référence. Exactement ce que ta dose faisait à ton corps.

TA DÉPENDANCE À L'HÉROÏNE ne me causait pas de problème, du moins pas au début. Égoïstement, amoureusement, ça m'arrangeait, me stimulait, me provoquait. Pour toi, c'était autre chose. Tu te détruisais sous mes yeux. J'observais ton rituel de drogué avec une admiration malvenue. Tes seringues, ton garrot, les marques de piqûres sur tes bras, plus tard sur tes cuisses et ton ventre, la dose qui augmentait un peu plus chaque jour, la chute de tension immédiate, l'évanouissement de toute douleur, de toute angoisse qui transfigurait ton corps, l'odeur prenante du soulagement, l'apaisement, j'enregistrais tout, j'accumulais tout comme si l'effet de l'héroïne passait de ton sang à ma peinture.

J'étais convaincu que l'art, n'appartenant pas au domaine de l'éthique, se nourrissait autant d'or que d'ordures. Il interrogeait l'inhumain en moi, m'amenant à perdre mes illusions pour me rapprocher de la vérité qui me servait de colonne vertébrale. Vérité n'ayant rien à voir avec le mal, le bien, le bonheur, le malheur.

Mais ça ne pouvait pas durer, cette corde raide sur laquelle nous nous tenions en équilibre précaire.

Tu as fait une surdose. C'était terrifiant. Quand les secours sont arrivés, j'ai cru que tu étais mort, le visage bleuâtre. Un urgentiste t'a massé le cœur. Il te défonçait la poitrine. Son assistant t'a injecté de l'adrénaline ou quelque chose de similaire, je n'ai pas trop compris. Les yeux révulsés, tu es revenu à toi en vomissant. Ça ne t'a pas empêché, deux jours plus tard, de retourner à ton rituel. Je t'ai menacé de te couper les vivres. Tu m'as supplié. Tu diminuerais les doses. Des mensonges. Je ne t'ai pas laissé le choix : ou tu allais en désintoxication ou tu allais crever dans la rue. De toute façon, j'avais tout jeté dans les toilettes. Il n'y avait plus rien pour toi ici.

Ta violence a été spectaculaire. Une explosion que j'ai observée dans la plus grande immobilité, foudroyé par la force de frappe de ta fureur. Tu as tout détruit. Tu piétinais les toiles, les crevais, les déchirais, les lançais les unes contre les autres, en faisais des tas sur lesquels tu sautais à pieds joints pour les écraser, soulevant un nuage de poussière grise qui a envahi tous les recoins de l'atelier. Tu vociférais, m'accusais de t'exploiter depuis le début de notre relation. J'étais un hypocrite, un égoïste, un monstre né avec une pierre à la place du cœur. Tu me jurais, la voix cassée, que tu préférais mourir dans la rue que de rester une seconde de plus à respirer le même air que moi.

Après ton départ, je me suis couché sur le sol. J'ai attendu, en pleine crise d'asthme, la mort ou le retour de mon souffle. C'était l'un ou l'autre, je n'avais pas peur, mes yeux me piquaient, je crois que je souriais. Au bout d'un long moment, la poussière a cessé de tourbillonner dans l'espace, s'est lentement déposée comme un linceul sur la vague échouée et figée que formaient les tableaux assassinés, les tubes de peinture éventrés, les pinceaux cassés, les pages arrachées de livres, de magazines, les éclats d'assiettes, de verres.

Je n'étais pas différent de ces débris, après tout.

Aucune des toiles n'était récupérable. Une fortune colossale, si je me fiais à la montée impressionnante de ma cote. Je n'ai jamais été fétichiste. Tout au long de ma carrière, j'ai détruit plus d'œuvres qu'il n'y en a en ce moment, éparpillées dans le monde, accrochées dans des musées, des salons, des chambres à coucher. J'aimais gagner de l'argent, en perdre ne m'affolait pas. La destruction de ces toiles, je l'ai pourtant vécue comme une amputation sauvage, une épreuve affligeante. Peu m'importait leur valeur sur le marché de l'art, faite d'illusions, de chance et, quelquefois, de travail acharné. Tu avais anéanti en quelques instants des œuvres qui avaient exigé une vie entière pour naître. Je m'en persuadais au plus profond de moi-même : il m'était impossible de peindre de nouveau avec ce regard radical, cette intensité du système nerveux. J'avais atteint le sommet de la montagne – je me complaisais à le croire –, il me fallait à présent en descendre. J'ai pleuré des jours et des nuits. Je te haïssais. J'appelais chez toi. C'était toujours la voix de Gabriela que j'entendais au bout du fil. Je raccrochais. Je t'imaginais mort, au fond d'une ruelle, une seringue souillée plantée dans le bras. Épuisé, je disparaissais dans le sommeil, puis je me réveillais en sursaut quelques minutes plus tard, hanté par l'idée que le cancer reprenait du service. J'entendais le bruit dégoûtant qu'il faisait dans mon corps : il proliférait, se nourrissait de mes apitoiements, de ma culpabilité, de ma haine, de ma lâcheté, de mon désir, de ma confusion.

Je devais ne plus chercher à te revoir, ne serait-ce que pour jeter un dernier regard sur ton cadavre.

Des metteurs en scène renommés m'avaient approché pour réaliser les décors de leurs spectacles. Pour me convaincre d'accepter leurs propositions, ils invoquaient la théâtralité de mes tableaux. Ils recherchaient, transposée à la scène, cette compression de l'espace pictural qui contraignait « mes personnages » à tout donner d'eux-mêmes d'un seul coup d'œil : je peignais, me disaient-ils, le corps humain comme s'il jouait sa vie et sa mort de façon simultanée.

Tenté par l'aventure, attiré par de nouveaux défis, j'hésitais, puis, finalement, refusais de m'embarquer dans leurs projets sans pouvoir justifier ma décision. Je me suis pourtant laissé convaincre de travailler sur *En attendant Godot*. Je dégustais mon plat préféré dans un restaurant où j'avais mes habitudes, une première sortie après des semaines de réclusion et de piétinement. Une femme s'est alors assise à ma table. Sur le coup, j'ai cru que je la connaissais, espérant que ma mémoire se remettrait en branle pour la replacer.

Cette femme admirait mes œuvres. Étant elle-même une habituée de ce restaurant, elle m'avait vu souvent commander le même plat – des fruits de mer –, assis à la même table, près de la fenêtre donnant sur la rue. Sa voix chaude, profonde me plaisait. Elle avait joué dans quelques films qui avaient eu du succès – je n'en connaissais aucun –, puis au sein de compagnies de théâtre plutôt marginales ou expérimentales. Le jeu ne l'intéressant plus, elle s'était tournée vers la mise en scène. C'était la première fois que je rencontrais une femme qui pratiquait ce métier. Il fallait du courage pour s'imposer dans ce milieu. Et Maggy était peut-être, à cette époque, la seule femme metteure en scène à Londres. Elle venait de divorcer après vingt ans de mariage. Elle n'avait jamais voulu avoir d'enfants. Son mari, un avocat, le lui avait reproché. J'ai commandé une deuxième bouteille de champagne. Nous avons traversé l'après-midi à nous contredire sans arrêt sur un ton enjoué. Je n'étais pas d'accord avec ce rapprochement que plusieurs experts faisaient entre l'univers beckettien et le mien, et que Maggy défendait. Beckett exhibait dans ses pièces de théâtre et ses romans – j'étais loin d'avoir tout lu ou tout vu de son œuvre – des corps malades, déficients, tronqués, parfois réduits à une tête, une bouche. D'accord. Mais selon moi, ce n'était pas suffisant pour nous mettre dans le même panier. Je trouvais Beckett trop intelligent pour ne pas éviter une certaine forme d'abstraction dans ses textes, ce qui me les rendait parfois ennuyeux. Maggy me trouvait injuste, me rétorquant qu'on ne pouvait jamais être trop

intelligent. Elle parlait lentement, prononçait clairement chaque syllabe et, sans qu'on s'y attende, pouffait
de rire. Soit qu'elle se moquait d'elle-même et du ton
gravissime qui était le sien, soit qu'une trop grande tension cherchait à se libérer de son corps. Impressionné
par sa forte personnalité, son humour ambigu que je
n'arrivais pas toujours à saisir, la soupçonnant de me
tendre des pièges pour vérifier ce que je pensais réellement d'une idée ou d'une personne, j'avais accepté
de travailler avec elle. Son projet de mise en scène ne
manquait pas d'audace. Elle voulait offrir les cinq rôles
masculins de *Godot* à des femmes. Avec moi comme
scénographe, m'a-t-elle dit en me regardant droit dans
les yeux, c'était gagné d'avance : elle trouverait bien un
théâtre à Londres pour produire la pièce. Elle se trompait, non pas parce que ma célébrité ne faisait pas le
poids ou que mes compétences n'étaient pas reconnues
dans le domaine du théâtre. Le problème relevait plutôt
de l'anatomie. Maggy avait reçu une réponse de Samuel
Beckett peu de temps après notre rencontre. Il refusait
de lui accorder les droits, prétextant que pour jouer les
personnages de sa pièce, il fallait impérativement posséder une prostate.

Ce refus, loin de couper court à notre relation,
nous avait rapprochés. Nous sommes rapidement
devenus intimes au point que je lui ai demandé de
m'accompagner à l'hôpital le jour où j'allais recevoir
le résultat de mes derniers examens. J'étais habité

par un mauvais pressentiment. J'imaginais mes jours comptés. Je brûlais des lettres, des carnets, des esquisses pour être certain que personne, après ma mort, ne mette la main dessus. Je marchais à petits pas, le souffle court, me croyant sans force, évitant les longues promenades, ne transportant que des sacs légers, guettant les signes avant-coureurs d'un évanouissement, d'un haut-le-cœur.

La veille des résultats, fixant le plafond de ma chambre, je me trouvais pitoyable de penser encore à toi malgré mes efforts pour t'oublier, immensément pitoyable, oui, de t'accorder encore de l'importance au seuil de ma mort annoncée.

Heureusement, les nouvelles se montraient rassurantes. J'étais toujours en rémission. Selon mon médecin, les chances que je m'en sorte avaient encore augmenté. En quittant l'hôpital, soulagé, ragaillardi, j'ai demandé à Maggy si elle accepterait que je fasse son portrait. Stupéfaite, elle a éclaté de rire. Je lui ai de nouveau fait ma demande. Elle m'a embrassé, les larmes aux yeux.

J'AI HÉSITÉ AVANT D'ACCOMPAGNER MAGGY à
la Mostra de Venise. Elle avait accepté de renouer avec
le monde du cinéma. Un réalisateur lui avait offert un
rôle secondaire dans le tout premier film qu'il tournait.
Elle y jouait une femme alcoolique dans la cinquantaine qui avait une affaire avec une jeune femme. Un
rôle risqué pour une actrice, scandaleux même, mais
Maggy n'avait plus rien à perdre. Contre toute attente,
le film a été retenu dans la sélection officielle de la
Mostra. Mes réticences à retourner à Venise étaient
bien sûr liées à mon aventure avec Alex. J'avais craint
que revoir cette ville où nous avions été si pleinement
heureux ne m'affecte. Tout le contraire s'était produit.
Je me revoyais avec Alex dans les mêmes lieux roman-
tiques et je percevais rétrospectivement le ridicule
de notre relation, l'absurdité de mon désir inavoué
de paternité, aussi pervers que pitoyable, envers ce
jeune peintre imbu de lui-même au talent limité. Je
m'en moquais ouvertement auprès de Maggy, à qui je
racontais ma déconvenue amoureuse. Elle me trouvait sévère envers Alex et envers moi-même. Elle

me soupçonnait d'être de mauvaise foi. Pourquoi, me disait-elle, perdre son temps à trafiquer les bonheurs du passé, à les enlaidir pour se donner bonne conscience dans le présent ? Je m'étais bien gardé de lui confier tout ce qui nous concernait, toi et moi. En aucune occasion, je n'avais mentionné ton existence – je m'en sentais incapable. Peut-être même, au moment où je célébrais le succès de Maggy, étais-tu déjà mort, ayant succombé à la surdose que tes veines réclamaient. J'y pensais curieusement au moment où toute la salle acclamait le film dans lequel elle avait joué ce rôle ingrat de lesbienne qui, à la fin, se suicidait et dont la mort constituait la solution idéale – et, selon moi, trop prévisible – pour que le public retrouve sa dignité morale momentanément perturbée. Le film, bien reçu par le public et la critique internationale, n'avait rien remporté. Cette année-là, le Lion d'or avait été attribué à *Belle de jour* de Buñuel. J'avais adoré le film. Je m'étais identifié totalement au personnage de Catherine Deneuve. C'était une femme bourgeoise, mariée à un médecin, qui ne trouvait son plaisir qu'en se prostituant le jour avec des hommes qui la brutalisaient. J'avais scandalisé Maggy ce soir-là en lui racontant que j'avais moi aussi offert les faveurs de mon corps quand, dans la fleur de l'âge – pour employer une expression aussi parfumée que *Belle de jour* –, j'explorais, le cœur battant, les lieux sombres et chauds de Paris. Une fois le choc de ma révélation passé, elle avait éclaté de rire. Fuyant les mondanités, nous avions terminé cette dernière soirée à Venise dans sa chambre d'hôtel. J'avais dépassé la soixantaine, et c'était la première fois que je me retrouvais au lit avec une femme. Maggy avait entamé les préliminaires. Nous avions beaucoup bu, l'alcool avait précipité ce qui, dans la lenteur du silence, s'était installé entre nous depuis notre arrivée à la Mostra. J'ai été étonné de jouir sans ressentir de véritable sensation, comme si j'étais absent de mon corps. Maggy m'avait rassuré de sa voix rauque du matin, allégée par un sourire en coin irrésistible : cela lui était arrivé de nombreuses fois avec son mari. Nous n'avons jamais répété l'expérience.

À mon retour à Londres, une formidable nouvelle m'attendait : le Grand Palais de Paris avait l'intention d'organiser une rétrospective de mes œuvres. Seul Picasso, de son vivant, avait eu droit à un tel hommage, ce qui me faisait tourner la tête et, en même temps, m'effrayait. Il ne pouvait y avoir de plus grande consécration pour un peintre. L'euphorie provoquée par la nouvelle s'étant dissipée, une angoisse pernicieuse aussitôt l'avait remplacée : cette monumentale rétrospective allait creuser ma tombe. À l'encontre du pronostic encourageant de mes derniers examens, le cancer profiterait de cette gloire annoncée pour refaire surface et, cette fois-ci, terminer une fois pour toutes son travail : faire de moi un peintre célébré pour les siècles à venir, mais mort et enterré. J'ai longtemps tergiversé avant de donner mon accord. Après l'avoir fait, je me suis mis à peindre comme si chaque coup de pinceau, chaque coup de brosse dure donnés à la toile, me convainquaient que je resterais un peintre vivant malgré tous les honneurs du monde. Les tableaux de cette époque étaient des portraits inspirés de Maggy réalisés d'après des polaroïds. Secrètement, ils constituaient un hommage à Picasso, mon illustre prédécesseur au Grand Palais, l'artiste qui m'avait décidé à devenir peintre moi-même.

À l'époque où je me dévergondais à Paris, je suis tombé sur une exposition de dessins de Picasso. Il y en avait une centaine, la plupart montrant des corps et des têtes de femmes, à l'exception de quelques pierrots. Le dérèglement anatomique de ces figures m'avait subjugué. Un choc. C'était à la fin des années 1920 et je n'avais encore jamais vu un artiste créer avec une telle vitalité, une telle audace. Picasso déconstruisait le visage, les membres, les seins, avec une joie, une liberté, une expressivité qui m'avaient intrigué, puis totalement ébloui. Rien du corps humain n'était à sa place. Le peintre permutait les bouches, les narines, les cils, arrachant le visage à sa logique, le retournant à sa monstruosité originelle sans susciter de dégoût ni d'horreur. Dans ces dessins réalisés – je le ressentais comme une pulsation au fond de mes yeux – sans aucune préparation, d'un seul élan, Picasso

Au moment où j'ai pris conscience des dimensions exceptionnelles du Grand Palais, avec ses volumes impressionnants, j'ai mesuré le défi qui m'attendait. Je venais de terminer la série consacrée à Maggy, des tableaux de format trop modeste. J'ai alors proposé de compléter la rétrospective par de nouvelles œuvres. Je me suis lancé corps et âme dans la réalisation de triptyques que je voulais imposants, adaptés à l'espace monumental qui les accueillerait. Je prévoyais en créer une dizaine : un travail colossal, trop ambitieux, que personne ne me demandait d'accomplir. J'ai abandonné à mi-chemin. Quatre mois avant l'ouverture de l'exposition, j'ai dû être hospitalisé d'urgence. Épuisé, vidé, attaqué par des migraines insoutenables, je n'arrivais plus à manger. J'ai passé des jours intubé, gavé, inerte. Les journaux me déclaraient à l'agonie.

J'avais donné des instructions claires au personnel de l'hôpital : je ne voulais voir personne. Ça ne t'a pas empêché de faire irruption dans ma chambre comme un fracas. Tu t'es glissé sous mes draps, m'as serré contre ton corps. Nos larmes ont jailli en même temps.

Tu es revenu tous les jours jusqu'à ce que je me rétablisse. J'avais souffert d'une sévère anémie. Heureusement, j'étais toujours en rémission.

Tu avais lu les articles qui décrivaient ma rétrospective comme un événement exceptionnel. Tu tenais absolument à le vivre à mes côtés. J'ai accepté que tu viennes à Paris à la condition que tu suives une cure de désintoxication.

Le temps pressait. Je t'ai trouvé une place à prix d'or dans une clinique de Londres. Quelques jours avant l'ouverture de l'exposition au Grand Palais, tu as débarqué à l'hôtel des Saints-Pères où, au début de notre relation, nous étions déjà descendus. Tu étais amaigri, mais sobre. Tu avais fait un effort pour t'habiller convenablement. Depuis ta sortie de prison et ta descente aux enfers, nouer une cravate correctement, cirer des chaussures, se peigner n'avaient plus fait partie de tes préoccupations. Ton regard avait changé : un mélange de peur et de douceur.

J'avais retrouvé ma pleine forme. Depuis mon arrivée à Paris, je m'occupais des préparatifs dans un état de fébrilité et de jubilation enfantines. J'ai toujours aimé la France, aimé parler français, aimé les souvenirs qui se rattachaient à mes séjours répétés dans ce pays. Je gardais un attachement particulier à mes errances sexuelles dans ses parcs, ses bars louches et ses terrasses nocturnes. Dès le début de ma carrière, le jugement des critiques et des intellectuels français sur mes œuvres m'était plus important que tout autre. Ce que pensaient les New-Yorkais ou mes propres concitoyens avait moins de poids qu'une ligne dans *Le Monde*.

Je t'avais pris une chambre voisine de la mienne. Tu ne connaissais personne à Paris. Tu ne parlais pas français. Tu te plaignais, tes mains tremblaient, tu avais envie de boire. Je n'avais pas le temps de m'occuper de toi. Le président de la République lui-même allait inaugurer l'exposition. La liste des invités de marque – Miró, Masson, Dalí –, les détails du protocole, les mesures de sécurité exceptionnelles, tout cela me rendait nerveux, instable. Je donnais interview sur interview, passais d'une séance photo à une autre, rencontrais des tas de gens – politiciens, diplomates – dont je n'arrivais pas à garder le nom en mémoire plus de quelques secondes. Pour garder le rythme, je buvais du matin au soir. Les occasions ne manquaient pas. Je rentrais tard. Tu m'attendais dans ma chambre en fumant. J'avais la tête qui bourdonnait de l'effervescence de la journée. Tu me parlais, c'est à peine si je t'écoutais. Je ne supportais pas ta gentillesse, tes questions. Pour la énième fois, tu me demandais pardon d'avoir détruit mes toiles. Il n'y avait rien à faire : plus je te rassurais, plus je te répétais que je n'y pensais plus, moins tu semblais me croire. Tu m'exprimais ton amour de façon malhabile, pesante. Tu maugréais, je te laissais seul dans une ville étrangère où tu te sentais perdu. Je t'avais pourtant prévenu que je serais emporté dans un tourbillon d'activités. Tu m'accusais d'avoir honte de toi. Comme si je te cachais aux yeux du monde entier. Au contraire, tu étais partout : tu m'avais servi de modèle sur une vingtaine des tableaux de la rétrospective. C'était même pour cette seule et unique raison – je ne voulais pas en chercher d'autres, à quoi bon m'apesantir sur mon ingratitude envers toi – que j'avais consenti à ta présence à Paris. Tu méritais plus que tout autre de célébrer cet honneur avec moi.

Je regrettais à présent de t'avoir invité. J'avais sommeil, je t'ai demandé de retourner dans ta chambre, je devais me lever tôt. Il me restait très peu de temps avant le grand jour et tant de choses encore à superviser, sans compter les mondanités impossibles à éviter. Le lendemain, madame Pompidou donnait une réception en mon honneur. Des écrivains, des artistes, des membres du gouvernement allaient partager ma table avec l'épouse du président. Pas question que tu m'accompagnes, tu te remettrais à boire, deviendrais violent, incontrôlable, me gâcherais la fête. Et je ne te donnais pas un jour de plus avant que tu partes à la recherche d'un dealer dans les quartiers chauds de Paris. Le mieux – j'essayais calmement de t'en convaincre –, c'était que tu repartes à Londres. Ici, tu ne tiendrais pas le coup. Tu me jurais le contraire. Tu resterais sobre, il n'y aurait pas de scandale. Tu ferais tout ce que je voudrais simplement pour rester avec moi.

Je t'ai remis tout l'argent que j'avais sur moi et je t'ai demandé de reprendre le premier avion pour Londres. Tu as pris l'argent. Au moment où tu quittais la chambre, tu es revenu brusquement vers moi. J'ai cru, en voyant ton visage crispé, que tu allais me frapper. J'ai fermé les yeux. J'ai attendu le coup qui me délivrerait de ta présence. C'était un baiser.

Dès le matin, j'ai enchaîné les rendez-vous avec des collectionneurs avant de me rendre en début de soirée à la réception organisée par madame Pompidou. Au dessert, un homme s'est penché vers moi pour me parler discrètement à l'oreille. Il avait quelque chose d'urgent à me dire. Je suis sorti de table pour l'accompagner à l'écart, dans un petit salon, où il m'a annoncé qu'un employé de l'hôtel des Saints-Pères avait dû forcer la porte de ta chambre, fermée de l'intérieur. Il t'avait retrouvé mort dans les toilettes. Sur le moment, je n'ai pas réagi. L'homme a paru surpris. Croyant à tort que la qualité de mon français ne me permettait pas de bien comprendre la gravité de la situation, il a répété exactement, mais plus lentement, ce qu'il venait de me dire. Je l'ai remercié. Je suis retourné m'asseoir à la table d'honneur. J'ai terminé mon dessert dans le bruit des conversations.

De retour à l'hôtel, je me suis entendu avec les autorités françaises pour que la nouvelle de ta mort ne fasse pas la une des journaux. Elle aurait éclipsé totalement l'inauguration de la rétrospective qui avait lieu le lendemain. On ne parlerait plus de peinture, mais de relation louche et malsaine entre deux hommes. La presse populaire chercherait le scandale. Ton décès a été rendu public quelques jours plus tard, présenté comme un *malheureux accident*. Euphémisme de circonstance.

Tu as été retrouvé sans vie, assis sur la cuvette des toilettes. Il y avait du vomi dans le lavabo. Une bouteille de whisky vide et une bouteille de champagne à moitié vide – j'ai pensé que tu m'avais gardé ma part de champagne – traînaient dans la chambre. Tu avais avalé un mélange de somnifères et d'autres substances, ce que tu avais pu te procurer de façon illégale dans la rue. Je me suis fait la réflexion que tu t'étais plutôt bien débrouillé malgé ta méconnaissance du français. Tu avais trouvé ce que tu cherchais sans problème apparent.

TU N'ÉTAIS PLUS
QUE MES LARMES

QUAND, FLANQUÉ DU PRÉSIDENT de la République et du ministre de la Culture, j'ai gravi le majestueux escalier du Grand Palais, je n'avais pas dormi depuis trente-six heures et j'étais invisiblement soûl. Nous étions fin octobre, la lumière automnale donnait au tapis rouge installé pour l'occasion une teinte sanglante. La France n'avait pas lésiné sur le décorum. Des membres de la garde républicaine, portant des casques à crinière surmontés d'un plumet, sabre au repos, formaient une haie d'honneur. Pendant un moment, j'ai cru que j'allais assister à des funérailles d'État, pas à celles d'un artiste exceptionnel incarnant son siècle, mais aux tiennes, celles d'un voleur de petite envergure, un homme que je recommençais à aimer, sans trop m'en rendre compte, dans la douleur. La façade du Grand Palais a emprunté la dignité silencieuse d'un mausolée. Derrière nous, la foule de dignitaires, de personnages officiels, d'invités de marque triés sur le volet, égrenait un cortège sombre et compassé. Je marchais droit, l'esprit étonnamment clair. Je me concentrais sur ma cravate légèrement trop serrée et la pulsation de ma veine jugulaire. Dès la haute porte franchie, ce cérémonial aux allures funèbres s'est atténué, puis, une fois atteintes les galeries nationales, s'est transformé. Après un moment de stupeur, les gens ont commencé à circuler prudemment, presque sur la pointe des pieds, comme s'ils parcouraient les allées à la fois dangeureuses et excitantes d'une ménagerie. Dans les vastes salles patientaient, sous leurs parois de verre et dans leurs cadres dorés, les cent-huit tableaux de la rétrospective. Aux aguets, ils attendaient de se jeter comme des fauves sur les visiteurs. Un zoo : c'était exactement l'image qui se déployait sous mes yeux. Ces tableaux encageaient des corps exacerbés, disloqués, violemment théâtraux dans leurs convulsions. Ils hurlaient dans le Grand Palais.

Ton cri enterrait tous les autres.

Ta mort transfigurait les tableaux où tu étais représenté : ils devenaient prémonitoires. Je ne les avais pas créés pour raconter une histoire, aucun lien n'existait entre eux. Je les regardais à présent comme les moments inséparables d'une vie qui se terminerait par un désastre. Le président Pompidou, informé des circonstances de ton décès, très discret jusqu'à présent sur ce *malheureux accident*, s'est arrêté plus longuement devant un tableau. Il te montrait prostré, assis sur un siège de toilette tel que tu avais été retrouvé, deux jours plus tôt, dans ta chambre d'hôtel des Saints-Pères. En nous dirigeant vers la salle suivante, le président m'a fait remarquer que les corps que je peignais semblaient privés d'ossature. Ils s'affaissaient, se répandaient comme des tas. Je ne lui donnais pas tort.

Le soir de l'inauguration se tenait un dîner officiel au Train Bleu, la célèbre brasserie de la gare de Lyon, surchargée de stucs flamboyants, de moulures, de boiseries rutilantes. Pas vraiment ma tasse de thé. J'étais tout de même impressionné par la splendeur baroque des lieux. À ma table, parmi d'autres personnes dont j'ai oublié la présence, étaient assis Marguerite Duras, dont je n'avais rien lu, et Michel Leiris, rencontré auparavant à Londres. J'appréciais l'intelligence hors du commun de cet homme de lettres, son érudition exceptionnelle. Heureux de sa présence à mes côtés, j'étais flatté et reconnaissant qu'il ait accepté d'écrire la préface du catalogue de l'exposition. À en juger par l'atmosphère festive, lourdement arrosée, qui régnait entre les nombreuses tables d'où fusaient exclamations et applaudissements, le vernissage avait été une réussite indéniable. Restait à attendre la réception de la critique et du public. Ma capacité à boire du champagne sans atteindre l'ivresse totale, cet état bienvenu de disparition m'étonnait encore. Il fallait s'y attendre, la rumeur de ta mort s'est répandue parmi les convives. Circulaient sur tes derniers moments, en l'absence d'informations claires, des détails plus ou moins scabreux, parfois loufoques, la plupart sans fondement. Je les entendais en sourdine comme un chant plus grave sous les éclats discordants des conversations qui résonnaient dans le restaurant. Venus spécialement de Londres assister au vernissage et au courant des aléas de notre relation, certains invités s'approchaient de moi pour m'offrir leurs condoléances. Ils cherchaient dans mon regard des larmes qui leur permettraient d'aller plus loin dans leur entreprise de consolation. Je ne montrais aucun signe d'affliction. Je m'en sortais en répétant des généralités comme « il faut bien mourir un jour », ce qui les retournait aussitôt à leurs tables et à leurs verres. Je célébrais mon triomphe. À aucun moment au cours de cette soirée, je n'ai permis que ce *malheureux accident* le ternisse, l'entache, le dénature. Sur les photos prises au Train Bleu parues dans les magazines, on me voyait souriant, heureux, une éternelle coupe à la main. Aucune trace de toi dans ces clichés.

Pourtant, je ne pensais qu'à toi. Tu te cachais dans ma joie, dans mes rires, dans mes gestes. Je t'en voulais. Tu avais voulu te venger, saboter ma rétrospective, te l'approprier en mettant à l'avant-plan la pitoyable mise en scène de ta mort. J'avais sous-estimé ta capacité de vengeance, tes talents de stratège. Durant cette interminable soirée, pas une seconde je ne t'ai fait le plaisir de porter ton deuil. D'autres – je l'espérais pour toi – s'en chargeraient.

Les jours suivants, je me suis occupé du transfert de ton corps, comme si, vidé de son sang, il s'était transformé en un tableau fragile, précieux, qu'il fallait emballer avec mille précautions. De retour à Londres, lors de tes modestes obsèques, j'ai continué mon numéro de clown en répétant à la petite assemblée réunie autour de ton cercueil que la vie est ainsi faite : elle a une fin. La pluie, miraculeusement, avait cessé le temps de la cérémonie. Des gangsters notoires, célébrés allègrement dans les journaux pour leurs crimes impunis, s'étaient même déplacés. Certains d'entre eux s'essuyaient les yeux de façon discrète lors de la mise en terre. Tu n'avais jamais atteint le statut, le calibre de ces truands endimanchés. Tu n'en avais pas l'étoffe. Ta gentillesse – ou ta mollesse – te coupait les ailes. Mais j'étais fier pour toi que d'authentiques tueurs t'expriment leur respect et, par leur présence, t'offrent un hommage posthume. Après l'enterrement, Gabriela et moi avons proposé de poursuivre tes funérailles dans le pub où tu avais tes habitudes. Tu y avais laissé une ardoise faramineuse que je me suis empressé de rembourser le soir même. J'ai commandé pour tout le monde tout ce qu'il y avait à manger et à boire sur la carte. J'avais le sentiment que des mois s'étaient écoulés depuis la soirée mémorable du Train Bleu. Moins d'une semaine m'en séparait. Tu étais maintenant mort et enterré et, à Paris, la rétrospective faisait fureur. Jamais je n'avais connu un tel succès. C'était au-delà de toutes mes espérances. Pourtant, je n'arrivais pas à m'en réjouir. J'en avais même un peu honte, de cette inflation d'éloges qui paraissaient dans la presse française. Comme si je ne les méritais pas. À ceux qui venaient m'en parler, me tapant sur l'épaule avec admiration – ou envie –, je passais à autre chose, quitte à dire des platitudes sur le temps pluvieux, froid et détestable qu'il faisait depuis mon retour à Londres.

À la toute fin de la soirée, la plupart des gens ayant quitté les lieux aussi soûls les uns que les autres, Gabriela est venue me rejoindre à ma table où, depuis un moment, je me trouvais seul, fixant mon seau à champagne pour ne pas avoir à penser. Elle avait les yeux rougis. Il ne restait plus aucune trace de son rouge à lèvres, disséminé comme de tristes baisers d'adieu sur les innombrables verres qu'elle s'était envoyés à ta mémoire. Nous nous sommes embrassés spontanément, nous tenant longuement serrés en silence. J'ai compris alors que cette femme t'avait aimé et en souffrait. Nous avons bu un dernier verre. Elle m'a révélé que tu avais déjà commis une tentative de suicide à l'époque où je me trouvais à Tanger avec Alex. Ma nouvelle liaison t'avait rendu fou de jalousie. Je m'étais débarrassé d'un meuble usé et emcombrant pour le remplacer par un autre flambant neuf, tellement plus pratique. Le pub fermait, on nous mettait gentiment à la porte malgé le pourboire astronomique que je venais de déposer sur la table. J'ai proposé à Gabriela de l'accompagner en taxi chez elle. Les rues encore mouillées luisaient sous les phares de l'auto. Elle s'est allumé une cigarette. Après avoir expiré une longue bouffée, comme si elle se débarrassait d'un poids, elle m'a encore dit une chose sur toi. Une chose que tu lui avais confiée la veille de ton départ pour Paris : avoir été mon modèle avait constitué le seul accomplissement valable de ton existence. C'était ta plus grande fierté, tout le reste ne comptait pas. Ça te permettait de survivre, que des milliers d'inconnus à travers le monde regardent ton corps nu, déformé, tordu, vibrant, en slip, tourmenté, fracturé comme un miroir, cravaté, ta beauté coupée en deux, ouvert comme un œil. Parce que tu avais le sentiment que toi aussi, tu pouvais les voir te regarder. Tu te sentais plus vivant dans mes tableaux que dans ta propre chair.

Le taxi arrivé, nous nous sommes enlacés de nouveau sur le trottoir avant de nous quitter. J'indiquais au chauffeur mon adresse quand Gabriela est revenue rapidement vers l'auto qui démarrait. J'ai pensé qu'elle avait oublié son sac. Elle n'avait rien oublié, elle tenait à me montrer quelque chose là-haut, dans ton appartement. Je lui ai demandé si ça pouvait attendre le lendemain, et elle m'a répondu de la suivre maintenant, sinon elle pourrait changer d'avis. Le taxi est reparti sans moi.

Dans l'appartement, elle m'a conduit vers ta chambre au bout d'un étroit corridor. Elle a entrouvert la porte avec précaution, comme si elle craignait de réveiller quelqu'un à l'intérieur. Elle a allumé le plafonnier qui a diffusé une lumière blafarde dans la pièce. Elle m'a fait signe de m'approcher, puis elle a refermé derrière moi la porte, me laissant seul.

Un bref moment, j'ai eu l'impression d'entrer dans mon atelier. Un tabouret sale et taché regardait son reflet dans un miroir mural où quelque chose – du sang ? du vin ? – avait séché en longues dégoulinades. Une fêlure le traversait. Ton lit, un matelas à même le plancher, disparaissait sous un tas de vêtements où s'accrochaient des restes de nourriture, des mégots de cigarettes. Des bouteilles et des assiettes traînaient un peu partout. Sur le mur opposé à la fenêtre sans rideau – il avait été arraché, ça se voyait à la tringle déglinguée –, tu avais punaisé en désordre des coupures de magazines : articles et photos de mon travail, de mes expositions. En regardant mieux ce qui s'accumulait sur le plancher, j'ai trouvé d'autres reproductions : tableaux de peintres dont je t'avais parlé avec admiration, certains des miens, pour lesquels tu avais posé. Tu les avais toutes déchirées et piétinées avec amour. Tu avais aussi décoré les murs de tes coups de poing à quelques endroits. Je me suis assis sur le tabouret, j'ai regardé mon reflet dans le miroir se désagréger dans la lumière fatiguée, sale.

Je pleurais. Je n'étais plus que mes larmes.

Je n'avais rien compris. Rien compris à ton désir d'être simplement avec moi. Rien compris à ta détresse : un appel au secours. Rien compris au baiser que tu m'avais donné à l'hôtel des Saints-Pères : un baiser d'adieu.

Cette chambre où mes larmes retrouvaient leur liberté me parlait de ta fragilité. Son désordre calqué sur celui de mon atelier me parlait de nous, de nos errances, de nos erreurs. Ce tabouret où j'étais assis me parlait des heures innombrables où tu m'avais offert la vision de ton corps, assis devant moi, sans pudeur, sans autre voile que la fumée de ta cigarette. Ce miroir qui me fracturait me parlait de mon aveuglement et du deuil qui venait de me recouvrir de son ombre.

Ta mort a commencé cette nuit-là.

Depuis, j'ai imaginé des centaines de fois tes derniers moments. Moi qui, à Paris, occupé à mes mondanités, leur ai accordé si peu de réalité, j'en étais devenu obsédé. Ils me poursuivaient, me traquaient. Inlassablement, je les recréais dans mon esprit comme si, à force de tentatives, j'allais défoncer la porte du passé et modifier le cours des événements.

Repensant à toi dans cette chambre d'hôtel où pour la dernière fois je t'ai vu vivant, je prenais conscience du peu qu'il aurait fallu pour que tu le sois encore. Si peu. Un mot de ma part. Un geste. Pourtant, je ne l'ai pas dit, je ne l'ai pas fait. Une partie de moi refusait de comprendre ce qui te ravageait. J'ai préféré te donner de l'argent, cet argent avec lequel tu as acheté l'alcool et les somnifères qui t'ont permis de te suicider. Peut-être même ai-je pensé, voulu, désiré que tu le fasses ?

Peut-être qu'existait en moi un lieu sombre, lointain et froid, où se fabriquaient de telles abominations ? Peut-être étais-je ainsi fait que je ne pouvais aimer sans cruauté et être aimé sans violence ?

À l'annonce de ton suicide, j'ai préféré croire le plus improbable : que tu l'avais fait pour te venger. J'ai été mesquin jusqu'au bout.

Souvent, j'ai regardé dans le catalogue de la rétrospective ce tableau où ton corps prenait l'exacte posture de ton futur cadavre, avachi, courbé sur une cuvette, comme si, le jour où tu as gardé devant moi cette pose, tu avais déjà installé dans tes os et tes muscles la mort que j'avais peinte pour toi, celle que tu imiteras des années plus tard à l'hôtel des Saints-Pères. Je l'avais terminé sans me douter que ce serait le dernier tableau de ton corps. Les autres, peints par la suite, tu les avais détruits quand tu avais tout saccagé dans l'atelier.

Tableau final de l'amour : moi qui n'en donnais jamais, j'ai eu envie, pour une fois, de donner un titre à l'une de mes œuvres.

C'était pitoyable d'avoir attendu ton absence irrémédiable pour accueillir en moi l'amour accumulé que je te portais depuis la nuit où, en voleur, tu t'étais introduit dans mon atelier. Car, en douce, cet amour s'était accumulé malgré mes tentatives de le juguler. Je ne te sanctifiais pas pour alléger ma culpablilité envers toi. Tu possédais tous les défauts pour qu'on te haïsse, et ils ne s'étaient pas volatilisés avec ton suicide. Mais ma mémoire, injuste comme toutes les mémoires, ne m'aidait pas : elle s'efforçait de ne retenir que mes torts envers toi. Te peindre, comme je l'avais fait, avait été un acte sexuel. À coups de pinceaux, j'avais abusé de ton corps.

Il n'y avait plus un seul matin où j'ouvrais les yeux sans ressentir la culpabilité qui me rongeait le cœur. Heureusement, Maggy était là. Sans elle, j'aurais sombré.

Elle n'avait pas pu assister à ma rétrospective au Grand Palais. Elle terminait au même moment en Écosse un tournage où elle jouait une héritière se faisant berner par un séducteur peu scrupuleux, qu'elle finissait par assassiner. Le rôle lui plaisait parce que, pour une fois, une femme passait à l'action pour régler ses problèmes, quitte à se retrouver derrière les barreaux d'une prison. À son retour, elle m'a raconté le scénario avec une belle ironie. Elle s'attendait à de mauvaises critiques, mais elle se trompait. Un an plus tard, à sa sortie, le film attirait les foules. Peu de temps après, son ex-mari subissait une violente attaque cérébrale, le laissant à moitié paralysé. À ma grande surprise, elle est retournée auprès de lui pour s'en occuper, mettant en veilleuse sa carrière d'actrice en pleine ascension. Il était hors de question qu'elle l'abandonne à son sort. Je la questionnais : pourquoi perdait-elle son temps avec un homme qui, dès leur divorce prononcé, s'était remis en couple avec une femme plus jeune, espérant d'elle un enfant ? À sa sortie de l'hôpital, sa nouvelle conquête l'avait quitté, ne supportant pas l'idée de partager sa vie avec un homme aussi lourdement handicapé.

Je ne comprenais pas le dévouement de Maggy envers cet homme qu'elle avait cessé d'aimer. Elle le faisait manger, l'aidait à faire ses besoins, le lavait, le promenait en chaise roulante dans le parc près de leur voisinage. Je revenais à la charge avec mes questions, l'accusant de se sacrifier pour un homme qui n'en valait pas la peine. Ça ne ressemblait pas à la Maggy fonceuse, libre, audacieuse, ambitieuse qui m'avait impressionné et charmé. Se sentait-elle redevable envers lui ? L'aimait-elle encore, malgré tout ?

Avec sa voix grave qui donnait à chacun de ses mots une élégance sombre, elle a fini par me dire qu'elle agissait par compassion. Ce n'était pas uniquement l'empathie pour son ex-mari qui la motivait. Pour elle, la véritable compassion exprimait un élan de bienveillance envers quelqu'un qui avait besoin d'aide. Elle était la seule personne au monde qui était en mesure de diminuer les souffrances de son ex-mari. Elle le connaissait mieux que quiconque, elle savait qu'avec elle, il supporterait les humiliations quotidiennes dues à sa paralysie.

Sa réponse m'avait secoué. Ce jour-là, j'ai raconté à Maggy notre histoire, nos déboires, l'oppressante culpabilité surtout qui ne me quittait plus depuis ton suicide au point que je venais de prendre devant elle la décision de ne plus jamais toucher à un pinceau. Aux yeux de Maggy, ce n'était qu'une façon puérile de me punir qui ne règlerait rien. Elle me mettait en garde de nouveau contre ma manie de réorganiser le passé en fonction de mon présent. Et sans crier gare, comme pour rejeter du revers de la main ma décision de mettre un point final à ma carrière de peintre, elle m'a proposé – son ton de voix dissimulait mal qu'elle me lançait un défi – de faire le portrait d'Adam, son ex-mari. Je l'ai regardée avec de grands yeux. Où voulait-elle en venir ? Fais-le pour lui, a-t-elle ajouté, après, tu découvriras peut-être que tu l'as fait aussi pour toi.

Giacometti, rencontré lors d'une exposition qu'une galerie de Londres lui avait consacrée, m'a raconté qu'il avait fait le portrait de Jean Genet, un des rares écrivains contemporains que j'admirais. Genet a passé une quarantaine d'heures, étalées sur plusieurs mois, assis sur une misérable chaise en paille dans l'atelier de Giacometti. Un endroit encombré de sculptures inachevées, sans doute le seul atelier au monde autre que le mien où je me sentirais suffisamment à l'aise pour peindre. Les deux hommes ont à peine échangé quelques phrases durant les séances de pose, soudés dans un silence presque sacré. Giacometti était fasciné par le visage tout en rondeur de Genet et l'intensité de son regard sans faux-fuyant. Sur l'un des deux tableaux qu'il a peints de lui, il a réduit la tête de son modèle pour la déposer sur un tronc massif. Loin de subir une disproportion blasphématoire, cette tête condensait toute la force morale de Genet. Giacometti l'avait patiemment « sculptée » avec ses pinceaux jusqu'à atteindre, en grattant tout le visible autour, le noyau dur de la présence au monde de l'écrivain.

Ce tableau s'est imposé à mon esprit à la seconde où je me suis retrouvé devant Adam. Sa tête avait la même rondeur que celle de Genet. Le côté gauche de son corps, paralysé, provoquait un déséquilibre apparent, comme une déflagration intérieure. Sa vitalité, malgré ses efforts de rééducation, avait fui les zones touchées, octroyant à son côté droit une visibilité accrue, une insistance qui tirait le regard vers lui. Parfois, Adam donnait l'impression de s'être retranché entièrement derrière son œil droit, où régnait une lumière dense, épaisse, ralentie. Dans ces moments, le reste de son corps semblait absent de lui-même. J'étais nerveux avant de commencer la toile. Le silence laborieux d'Adam m'intimidait, et je devais lutter contre la pitié qu'il m'inspirait. Depuis son accident vasculaire, il n'arrivait plus à articuler correctement. Son visage se tordait pour arriver à prononcer un simple mot, lui qui avait été un avocat recherché, un orateur habile et, aux dires de Maggy, un joueur de tennis accompli tout comme un amant vigoureux. Il était maintenant là, devant moi, habillé simplement d'une chemise blanche au col ouvert et d'un pantalon noir, assis sur le tabouret où tu avais si souvent posé devant moi.

Son corps défectueux soulevait des questions : peindre quoi ? L'homme blessé qui s'épuisait à se tenir droit sur un tabouret inconfortable ? Le malaise que provoquait la déroute de son corps ? La partie gauche de sa vie qui exprimait avant l'heure les traits figés de son masque mortuaire ?

J'ai commencé par l'œil droit. C'est par une tache de blanc et de bleu qu'Adam est apparu. Je gardais en mémoire la tête de Genet, si dense, où le combat de toute son existence s'offrait comme une sensation de rigueur indélogeable. Ce même combat – je le percevais de façon presque obscène – avait lieu dans le cerveau d'Adam, là où un caillot de sang avait bloqué le cours de sa vie. Je réalisais que peindre était un acte moral, qu'il engageait les valeurs et les croyances de l'artiste. Bien sûr, je le savais – comment ne pas le savoir ? – mais, devant Adam, c'était devenu une réalité concrète, incarnée, sur laquelle je ne pouvais un seul instant fermer les yeux. Je saisissais ce que Maggy voulait me signifier lorsqu'elle avait mentionné sa compassion pour Adam. En contraste, j'avais beau fouiller dans ma mémoire, je cherchais en vain un *élan de bienveillance* que j'aurais eu pour diminuer tes souffrances, sachant que j'étais la seule personne qui en avait le pouvoir. Quand avais-je agi envers toi par compassion ? Surtout pas lors de notre dernière rencontre à l'hôtel des Saints-Pères. D'ailleurs, peindre par compassion avait-il pu avoir un sens pour moi ? J'avais toujours peint de la viande : je m'étais acharné à faire déborder du corps humain sa part d'animalité, à exhiber le spasme de sa sexualité entravée. J'avais mis en scène, d'un tableau à l'autre, l'absurdité de la condition humaine, son désespoir, sa cruauté, et l'absence de toute éternité salvatrice. En cela, un réalisme indéniable se dégageait de ma peinture, puisque le monde qu'il visait dépassait en horreur ce que mes pauvres toiles jetaient au regard.

En fait, les questions que le corps d'Adam me lançait se résumaient en une seule : pouvais-je peindre autrement ? Elle rejoignait pour s'y confondre celle qui me hantait depuis ton suicide : pouvais-je vivre autrement ?

UN CHAPITRE DE *L'AUTRE EN SOI* m'avait fortement marqué, au point que des passages me revenaient en mémoire une trentaine d'années après ma lecture. L'homme très gros – je persistais à me le remémorer ainsi en souvenir de nos rencontres charnelles qui m'avaient autrement marqué – y affirmait qu'Eschyle, avec sa trilogie de *L'Orestie*, avait écrit l'histoire la plus tragique de l'humanité. Elle décrivait l'aveuglement qui amenait l'homme à commettre l'irréparable. S'ensuivaient vengeance, remords, culpabilité. Je n'aurais jamais cru qu'un jour je m'identifierais à un personnage de cette tragédie. Comme Oreste, je suis poursuivi par les Érinyes, ces furies de l'enfer. Avec leurs longs cheveux faits de serpents crachant du venin, elles traquent les coupables de crimes impunis, les fouettent jusqu'à les vider de tout leur sang.

Je n'ai pas tué ma mère comme Oreste l'a fait pour venger la mort de son père. Je t'ai abandonné à ton sort, toi, l'homme que j'aimais.

J'ai peint tant de fois ton corps sans me douter que sa disparition me révèlerait sa réelle présence. Mais ce n'est pas ta mort qui me tourmente, ni mon chagrin, ni notre amour maintes fois blessé et bafoué, c'est ma lâcheté, mon petit crime envers toi, ma défaillance banale mais fatale. Comme Maggy me l'a fait comprendre, c'est mon absence de bienveillance envers nous.

À la manière de ce pauvre Oreste, prisonnier de son matricide, traqué par la horde des Érinyes vengeresses, je subis le fouet des remords et des réveils coupables. Depuis, je m'adresse à toi, te parle comme si tu te tenais encore assis sur ce tabouret indestructible, te raconte ma vie, la nôtre, déforme sûrement la mienne, imagine plus ou moins bien la tienne, me donne de grands airs en m'enveloppant d'un manteau tragique, insiste pour te décrire ma cruauté, mes tricheries, mais aussi mes passions, mes endurances. Je sais bien que tu ne m'écoutes pas, simplement parce que tu ne m'entends pas. Je n'ai jamais cru en l'immortalité de quoi que ce soit ni de qui que ce soit. Tu es mort et enterré, ton cadavre déjà mangé par les vers, ce qui ne t'empêche pas de faire partie de moi. Tu es devenu l'autre en moi. En cela, je ne suis plus tout à fait le même. Peut-être suis-je un meilleur vivant. Le deuil n'a pas que des fleurs tristes à offrir.

Je l'espère.

LE PORTRAIT D'ADAM

DEMAIN, ADAM VIENDRA avec Maggy voir son portrait. Je l'ai terminé il y a un mois. Ce n'est qu'aujourd'hui que j'ai eu le courage de les inviter à l'atelier. J'ai monté la toile sur un cadre de bois, j'ai dégagé un coin du plancher de son fatras habituel pour la déposer contre un mur. À cet endroit, le toit vitré laisse passer un rai de lumière plus clair où danse sans jamais se fatiguer la poussière. Je sais à quel point ce portrait est important pour Adam. Maggy n'a pas eu besoin de me l'expliquer. J'ai bien senti ce qui habitait cet homme prisonnier de son corps lors de ses quatre séances de pose. Ce n'était pas de la honte, ni de la faiblesse, ni de la résignation, mais une forme de brutalité que la vie, poussée dans ses derniers retranchements, fait surgir jusque dans le grain de la peau.

Je ne connais pas cet homme à l'exception du peu que m'a raconté Maggy. En d'autres circonstances, peut-être l'aurais-je trouvé antipathique ou admirable. Mais demain, lorsque Maggy le poussera en chaise roulante dans mon atelier, je sais qu'il cherchera dans son portrait, sous les ravages de son handicap, cette rage faite de colère, de fierté, aussi belle et dangereuse qu'un orage en hiver. Et s'il la trouve, j'aurai le sentiment pour une fois d'avoir été bienveillant envers quelqu'un. Et alors, l'espace d'un instant, mes tourments peut-être s'apaiseront.

Je n'ai pas mesuré, de ton vivant, la réelle étendue de ton regard sur moi, ni celle de ton ombre sur la mienne. Le deuil qui me hante est la chose la plus étonnante qui me soit arrivée dans la vie.

ROMAN, RÉCIT

Le mangeur de bicyclette, Leméac, 2002; Alto, 2017
Poudre de kumkum, XYZ, 2002
Piercing, Gallimard, 2006
Le Christ obèse, Alto, 2012
L'orangeraie, Alto, 2013; La Table Ronde, 2015; Folio, 2016;
Folio + Collège, 2018 (dossier par Antonia Maestrali)
La hache, Alto, 2016
L'impureté, Alto, 2016
Le deuxième mari, Alto, 2019

THÉÂTRE

Le déclic du destin, Leméac, 1989
Leçon d'anatomie, Laterna Magica, 1992 ; Lansman, 2003
The Dragonfly of Chicoutimi, Les Herbes Rouges, 1996 ;
2005 ; 2011
Le génie de la rue Drolet, Lansman, 1997
Ogre. Cornemuse, Lansman, 1997

Les mains bleues, Lansman, 1998

Téléroman, Lansman, 1999

Le ventriloque, Lansman, 2000 ; 2004; 2012

Panda Panda, Lansman, 2004

L'histoire d'un cœur, Lansman, 2006

Le problème avec moi, Lansman, 2007

Abraham Lincoln va au théâtre, Lansman, 2008; 2017

L'amour à trois, Lansman, 2010

Cantate de guerre, Lansman, 2011

L'enfant matière, Lansman, 2012

Grande écoute, Lansman, 2015

Le joker, Lansman, 2016

Le garçon au visage disparu, Lansman, 2016

Ogre, Lansman, 2019

POÉSIE

La place des yeux, Trois, 1989

Gare à l'aube, Noroît, 1992

Trois secondes où la Seine n'a pas coulé, Noroît, 2001

L'arbre chorégraphe, Noroît, 2009

158 fragments d'un Francis Bacon explosé, Noroît, 2012

L'œil soldat, La Peuplade, 2019

LITTÉRATURE JEUNESSE

Même pas vrai (illustration de Guillaume Perreault),
La Bagnole, 2016
Le garçon au visage disparu, (illustration de
Pierre Lecrenier), La Bagnole, 2020

ESSAI

Le crâne des théâtres. Essais sur les corps de l'acteur,
Leméac, 1993
The Dragonfly of Bombay (avec Laurent Lalanne
et Jessie Mill), Lansman, 2011

SUR SON ŒUVRE THÉÂTRALE

Le corps déjoué. Figures du théâtre de Larry Tremblay.
Sous la direction de Gilbert David. Lansman, 2008

APOSTOLIDES, Marianne, *Elle nage*
(traduit de l'anglais par Madeleine Stratford), 2016
BACCELLI, Jérôme, *Aujourd'hui l'Abîme,* 2014
BOUCHARD, Mylène, *Ma guerre sera avec toi,* 2006
BOUCHARD, Mylène, *La garçonnière,* 2009 ; 2013 ; 2020
BOUCHARD, Mylène, *Ciel mon mari,* 2013
BOUCHARD, Mylène, *L'imparfaite amitié,* 2017
BOUCHARD, Sophie, *Cookie,* 2008
BOUCHARD, Sophie, *Les bouteilles,* 2010
BOUCHET, David, *Soleil,* 2015
CANTY, Daniel, *Wigrum,* 2011
CARON, Jean-François, *Nos échoueries,* 2010
CARON, Jean-François, *Rose Brouillard, le film,* 2012
CARON, Jean-François, *De bois debout,* 2017
DeCHAMPLAIN, Virginie, *Les falaises,* 2020
DESCHÊNES, Marjolaine, *Fleurs au fusil,* 2013
DESJARDINS, Antoine, *Indice des feux,* 2021
DROUIN, Marisol, *Quai 31,* 2011
GAGNÉ, Mireille, *Le lièvre d'Amérique,* 2020
GUAY-POLIQUIN, Christian, *Le fil des kilomètres,* 2013
GUAY-POLIQUIN, Christian, *Le poids de la neige,* 2016

KAWCZAK, Paul, *Ténèbre*, 2020

LAVERDURE, Bertrand, *Bureau universel des copyrights*, 2011

LAVERDURE, Bertrand, *La chambre Neptune*, 2016

LEBLANC, Suzanne, *La maison à penser de P.*, 2010

LÉVEILLÉ, J.R., *Le soleil du lac qui se couche*, 2013

LÉVEILLÉ-TRUDEL, Juliana, *Nirliit*, 2015

MARCOUX-CHABOT, Gabriel, *La Scouine*, 2018

Mc CABE, Alexandre, *Chez la Reine*, 2014

Mc CABE, Alexandre, *Une vie neuve*, 2017

NASRALLAH, Dimitri, *Niko*
(traduit de l'anglais par Daniel Grenier), 2016

NASRALLAH, Dimitri, *Les Bleed*
(traduit de l'anglais par Daniel Grenier), 2018

SCALI, Dominique, *À la recherche de New Babylon*, 2015

TANNAHILL, Jordan, *Liminal*
(traduit de l'anglais par Mélissa Verreault), 2019

THÉORET, France, *Les querelleurs*, 2018

TREMBLAY, Larry, *Tableau final de l'amour*, 2021

TUCKER, Aaron, *Oppenheimer*
(traduit de l'anglais par Rachel Martinez), 2020

TURCOT, Simon Philippe, *Le désordre des beaux jours*, 2007

VERREAULT, Mélissa, *Voyage léger*, 2011

VERREAULT, Mélissa, *Point d'équilibre*, 2012

VERREAULT, Mélissa, *L'angoisse du poisson rouge*, 2014

VERREAULT, Mélissa, *Les voies de la disparition*, 2016

VILLENEUVE, Mathieu, *Borealium tremens*, 2017

La Peuplade a été fondée
par Mylène Bouchard
& Simon Philippe Turcot.

Design graphique et mise en page
Atelier Mille Mille

Direction littéraire
Mylène Bouchard

Édition
Mylène Bouchard & Paul Kawczak

Révision linguistique
Luba Markovskaia

Correction d'épreuves
Pierrette Tostivint

Photographie en couverture
John Deakin

Tableau final de l'amour a été mis en page
en Lyon, caractère dessiné par Kai Bernau
en 2009 et en Din Next, caractère dessiné
par Akira Kobayashi en 2009.

Achevé d'imprimer en avril 2021
sur les presses de l'imprimerie Gauvin
à Gatineau (Québec, Canada)
pour les Éditions La Peuplade.